徳間文庫

葬送山脈

北アルプス殺人行

梓　林太郎

目次

一章　見えない狙撃者

1

昨夜半からの雪は、午前十時ごろいったんやむかに見えたが、昼過ぎになって激しく降り始めた。安曇野《あずみの》の西側を壁にしている北アルプスは、その山影をまったく見せなくなった。

午後二時十五分、長野《ながの》県豊科《とよしな》警察署に明科《あかしな》町に住む畑《はた》というアマチュア無線家の男から電話が入った。

「たったいま、槍《やり》ヶ岳へ登山中の男の人がSOSを発信してきました」

「救助要請ですね？」

電話を受けた地域課員は、登山者の救助要請の内容をきいた。

「相手の声は、とぎれとぎれでしたが、槍沢《やりさわ》を槍ヶ岳に向かって、四人で登っていた。現在地は赤沢《あかざわ》山の南辺りと思われるが、雪崩《なだれ》が襲ってきて三人が行方不明。自分も雪に埋まって身動きができない状態、ということです」

「発信者の名前とかコールサインをききましたか？」

「名前は、『スギムラ』とかいいましたが、よくきき取れませんでした。東京の人のようです」

「四人パーティーで、三人が行方不明。遭難現場は、槍沢の赤沢山南側辺りといったんですね？」

「それは間違いありません」

地域課員は、畑の住所と電話番号を確認し、「ご苦労さまでした」といって電話を切った。

即座に山岳遭難救助隊の小室《こむろ》主任に、畑の通報を伝えた。

小室は周りにいる三人に、「遭難発生」を伝えると、県警本部の山岳遭難救助隊に連絡した。県警本部はこれを受けてヘリコプターの出動指令を出すのだが、あいにくきょうの天候ではヘリは飛べない。雪がやんだとしても視界不良の場合は、空中からの捜索も救助隊員を現場へ運ぶことも不可能である。

「地上からだな」

小室はつぶやくと、三人の部下に救助隊員に招集をかけてくれと指示した。救助隊員は警察官だけではない。消防署や町役場や一般の会社に勤務している人もいる。遭難発生と同時にその人たちに非常招集をかけ、遭難者の人数や現場の状況に見合う数の隊員を集めるのだ。

今回の場合、遭難者は四人だ。それに雪崩に襲われて三人が行方不明という。小室はできるだけ多数の隊員を集めるようにと、部下に指示した。

彼は沢渡《さわんど》に住む上条《かみじょう》に電話した。上条は救助隊員であり、冬期入山者をチェックするゲートの責任者である。本業は民宿経営だ。

小室は電話に出た上条に、アマチュア無線家が登山者が発信したSOSをキャッチしたことを伝え、槍ヶ岳へ登る四人パーティーに該当があるかを調べてくれと頼んだ。上条は、入山届を見て、分かり次第連絡すると答えた。

小室が上条と話しているあいだに、豊科町に住む堀川《ほりかわ》というアマチュア無線家からも、さっきの畑と同じSOSを傍受したという電話が豊科署に入った。電話を受けた地域課員は、登山者の発信した救助要請の内容を堀川に詳《くわ》しくきいた。

発信者はやはり「スギムラ」という男だった。四人パーティーが槍沢で雪崩に巻き込まれ、三人が行方不明になったという内容も同じだった。

「無線を発信した遭難者は、名前を『スギムラマサキ』といっています」

「どんな文字を書くのかな?」

「そこまでは分かりません。交信状態が悪くて、きき取りにくいものですから」

「ほかにどんなことが分かりましたか?」

「『スギムラ』という人は、自分の住所を、東京都世田谷《せたがや》区北沢《きたざわ》だといっています」

堀川が「スギムラ」に住所をきいたら、そう答えたというのだ。

複数の通報で、遭難者に関するデータが多くなった。遭難現場は激しい吹雪であることも分かった。

地域課からの連絡を、小室はホワイトボードに大きく書いた。

遭難現場は、赤沢山南側に当たる槍沢。男性の四人パーティーで、うち三人は行方不明。無線連絡してきた男は「スギムラマサキ」住所は東京都世田谷区。十二月四日、午後二時ごろの現地付近の天候は吹雪。

沢渡の上条から返事の電話が入った。

「小室さん。このゲートから入山しているパーティーの中に、四人パーティーはいないし、ほかのパーティーの中にも『スギムラ』という姓の人はいませんよ」

「該当パーティーがない……。おかしいな。べつのゲートから入山したのかな？」

「中房《なかぶさ》からじゃないでしょうか？」

「照会してみよう。あすの朝の天候次第だが、ヘリが飛べない場合は地上からということになる。出動してもらえるだろうね？」

「勿論、一緒に入ります」

小室は首を傾《かし》げながら、中房温泉へ電話し、入山中の四人パーティーに該当があるかをきいた。

温泉宿の主人は、入山届を見て、いま現在六組が入山している。その中の一組が四人で、全員男性だと答えた。

「それかな。そのメンバーの中に『スギムラ』という人はいますか？」

「そういう苗字《みょうじ》のメンバーはいません」

「ほかの五組の中には？」

「『スギタ』という人が入っているパーティーならありますが、その組は八人ですよ」

「おかしいな。いくら交信状態が悪くても、八人を四人とききを違えることはないですね」

小室はそういったが、「スギタ」の住所をきいた。

「愛知《あいち》県豊橋《とよはし》市です」

東京都と愛知県をきき違えることも考えられない。

それに「スギムラマサキ」は世田谷区の住所を細かく発信している。

小室は地域課に、今度同様の無線を傍受したという通報があったら、こちらへ直接つないでくれと告げた。

彼は明科町のアマチュア無線家・畑に電話し、「スギムラ」と名乗った男の救助要請内容をあらためてきいた。

次に豊科町の堀川にも同じことを問い合わせた。

「スギムラマサキ」との交信できいた住所は間違いないと堀川は答えた。

小室は、警視庁に連絡し、世田谷区北沢の所轄署はどこかをきいた。北沢署だった。

北沢署地域課員に緊急な問い合わせをする主旨を伝え、「スギムラマサキ」という男が口にした住所に、居住該当があるかどうかを調べてもらいたいと頼んだ。

北沢署からの回答は約一時間後にあった。

照会の住所は実在し、杉村正記《すぎむらまさき》という三十歳の男性が家族とともに居住しているということだった。

小室は早速調べてくれた北沢署の係官に礼をいった。

「この青年だな」

彼はつぶやいた。登山パーティーのメンバー三人が雪崩に巻き込まれて行方不明となり、携行していた無線機で、必死になって傍受してくれる人に呼びかける若い男の姿を、彼は想像した。杉村という男もいったんは崩れてきた雪に呑み込まれたのではないか。だが彼には運があり、這《は》い出すことができた。そこで安全な場所へ逃げ、無線機に呼びかけたのだろう。さいわい応信があった。それで現場を教え、状況を話した。傍受した人に氏名と住所をきかれて答えたのだろう。無線機は、冬山登山の万が一の事故に備えて携行したのか。

小室は、たったいま北沢署員からきいた杉村正記の住所の電話番号を押した。

「杉村でございます」

中年女性が応じた。

小室は名乗った。

「豊科警察署……。杉村正記の母でございますが、どんなご用件でしょうか?」

「正記さんは、現在、北アルプス登山をなさっていますね?」

小室はきいた。

「いいえ。正記は北海道へ出張中でございます。山へは……あの子は、こんな時季に登山をいたしません」

母親はなにかの間違いではないかといっているようだった。

「世田谷区北沢×丁目×番×号の杉村正記さんからの無線連絡を、豊科署管内の複数のアマチュア無線家がキャッチして、署に連絡してきました」

「電話でなくて無線機で……。で、どんなことをでしょうか？」

「仲間三人と槍ヶ岳に向かっているが、雪崩が起き、身動きがとれなくなったので救助して欲しいという要請でした」

「そんな……。それは人違いです。わたしの息子の正記は菱友《りょうゆう》物産の社員でございます。いま申し上げましたように十二月二日から北海道へ出張中です。それに正記は、無線機は持っておりません」

「北海道のどちらへご出張中ですか？」

「札幌《さっぽろ》に支社がありますので、そこへ行ったはずでございます。そのあとのことは会社でないと分かりません」

小室は杉村正記の部署名をきいた。飼料部飼料穀物グループだと母親は答えた。

菱友物産はわが国最大の総合商社だ。本社は千代田《ちよだ》区大手《おおて》町にある。

小室は杉村正記の所属部署へ問い合わせの電話を入れようと、その番号を押しかけたが思い直した。

部下は三人とも受話器を耳に当てていた。出動できる救助隊員を確保するため電話しているのだった。

小室は椅子《いす》を立った。机の下の金属製の屑籠《くずかご》に足が当たって大きな音がした。

彼は二階の刑事課へ走った。

刑事課長は不在だった。道原伝吉《みちはらでんきち》刑事が毛糸のカーディガンを羽織って、ロッカーから分厚い書類を抜き出していた。

「どうした、小室君」

道原がいった。

小室は、二人のアマチュア無線家と遭難者の交信の内容を説明し、東京・世田谷区の杉村正記の自宅へ問い合わせたことを話した。

「杉村正記の北海道出張は、間違いないんだね？」

道原がきいた。

「母親からきいただけです。会社へ問い合わせようと思いましたが、その前に……」

「無線の発信者がいった住所には該当があった。だが、その人間は山に登っていないというのか？」

道原は分厚い書類をロッカーに押し込んだ。

「そうなんです。畑と堀川のきき間違いでしょうか?」

「そういうことも考えられるな。……沢渡と中房には杉村という男の入山該当がない。何者かのいたずらも考えられるな」

「私もそれを考えました」

「よし。おれが菱友物産に問い合わせよう。その結果は、あとで知らせる」

道原は自分の席の電話機に手を伸ばした。

2

道原は、菱友物産本社・飼料部飼料穀物グループの直通電話に掛けた。若い女性が応じた。杉村正記はいるかというと、出張中だといわれた。本人と至急連絡を取りたいがどうしたらよいかときくと、

「しばらくお待ちください」

と彼女はいい、受話器には物音が入ってこなくなった。

男の声に代わった。

「杉村は札幌へ出張中です。こちらから連絡を取って、本人に連絡させるようにいたしま

しょうか？」

「それなら、私が問い合わせします。出張先の電話番号を教えていただけませんか？」

男は、札幌支社の番号を読んだ。

道原はそれを控えるとすぐにそこへ掛けた。

「あいにく杉村は遠方へ出掛けております」

札幌支社の担当者は答えた。

「遠方とおっしゃると？」

「網走《あばしり》です。ウトロのほうへ出掛けたということですが、現地が吹雪で連絡が取れない状態になっております」

「ウトロといいますと？」

「斜里《しゃり》町です。知床《しれとこ》半島です」

オホーツク海に突き出た知床半島の北西岸にある港だという。そういえば流氷観光の基地だときいたことがある。

「連絡が取れないようなところがあるんですか？」

「網走出張所から車で出発したのですが、現地が猛吹雪になり、立往生しているそうです」

「ご本人は、携帯電話は？」

「持っていますが、激しい吹雪のせいかどうか、出張所の者がいうには、電波の届かないところにいるというコールが出るだけで、安否を気にしているということです」

担当者に用件をきかれたが、道原は答えず、至急連絡を取りたいので、交信でき次第電話をもらいたいといって切った。

道原は小室のいる救助隊室へ行き、知床へ行った杉村正記とは連絡が取れない状態になっていることを話した。

「いかに北海道でも、吹雪でケイタイが通じないなんてことがあるでしょうか？」

小室がいった。

降雪によって電波の力が減衰し、交信状態が悪化することは考えられるが、山陰《やまかげ》にでも入らないかぎり電波は走る。現在出回っている携帯電話が通じないのは、深い地下か、古いビル、付近にアンテナのない地域だという。

ＳＯＳを発信した「スギムラマサキ」の住所には該当する人間がいた。だがその杉村正記は会社員で、北海道へ出張中。出張先から車で出掛けたが、激しい吹雪に遭い、電話すら通じなくなっているという。

「道原さん。杉村は間違いなく札幌へ行っているんでしょうね？」

小室はタバコに火をつけていった。

「それは間違いないだろう。札幌支社の担当者がそういっているんだから」

「杉村が出張に出たのは、十二月二日です」

「札幌支社の担当者がいうには、彼は、十二月二日の昼ごろ支社に着いた。その日は札幌に一泊し、三日の朝、列車で網走出張所へ出掛けたというんだ」

「ウトロへ向かったのは、いつでしょうか?」

「網走出張所に問い合わせてみるか」

道原は一〇四番で、菱友物産網走出張所の電話番号をきいて掛けた。

中年の男の声が応じた。

道原が名乗ると、たったいま、札幌支社から杉村について警察から問い合わせがあったことをきいたと答えた。

「杉村さんとは、まだ連絡がつきませんか?」

「はい。ケイタイに掛けているのですが、電波の届かないところにいるか、電源が入っていないかだというコールが出るだけです」

男は不安げにいった。

「現地の天候はどんなふうですか?」

「吹雪です。私はこの出張所へ赴任して四年目ですが、こんなに激しい吹雪を経験したのは初めてです」

「杉村さんは、ウトロというところへ向かったそうですが、それはいつですか?」

「けさです」

「一人で?」

「一人です」

「ウトロというところは、普段、携帯電話が通じない地域ですか?」

「いいえ。あそこにはアンテナがありますし、羅臼《らうす》岳以外にはさえぎるものがありませんので、交信は可能です」

「心配ですね」

「道路を見失って、車ごと積もった雪の中にでも突っ込んでしまったのではないかと、心配しています」

車ごと雪を搔《か》き集めた場所に突っ込んでしまっただけでなく、杉村は気を失っているのではないか。それにしても携帯電話のスイッチが入っていれば、呼び出し音は鳴る。彼は電源を切っているか、なにかの拍子に切れてしまったのではないのか。

救助隊室へ、署長、地域課長がやってきて、ＳＯＳ発信に応えて、雪崩が発生したという槍沢へ出動するかどうかを検討した。

その結果、アマチュア無線家の二人が傍受した「スギムラマサキ」の名と住所はきき違いかもしれず、遭難事故は実際に発生している可能性があることから、あす早朝の出動を決定した。署長が、人命重視の立場を決めたのだった。

天気予報では、あすも山岳地は吹雪ということである。

あすの朝出発する先発隊は十九名。現地に着いての状況によっては、後発隊を出すことも決まった。県警本部では天候が回復し次第、ヘリを飛ばすことにした。

午後四時半。署長はマスコミに対して雪崩が発生し、四人パーティーが巻き込まれたもようと発表した。

地元新聞社、大手新聞社の支局、テレビ局などから七名が先発隊に同行することになった。

「できるだけ奥まで車両を乗り入れることにするが、積雪の状態では、釜《かま》トンネル辺りまでしか入れないかもしれない。あとは歩きだ。同行のマスコミ関係者は、冬山経験者にかぎるという条件つきにしてもらいたい」

小室がいった。もし途中で事故者が出た場合、全員が現地へ向かえなくなることを考慮したのである。

道原は、部下の伏見《ふしみ》刑事とともに今夜は署に泊まることにした。今夜中に杉村正記から連絡が入ることを期待したのだ。もしも彼から連絡がなかったら、知床半島で重大な事態になっていることが考えられた。もし杉村に重大事が起こったとしても、それは豊科署とも道原ともなんら関係はないのだが、彼には、SOS発信者と杉村がなにか関係がありそうな気がしてならなかった。要するに悪い予感が胸を去らないのだ。

午後七時半、道原と伏見は、刑事課で向かい合って店屋物の夕食を摂《と》っていた。そこへ菱友物産・網走出張所員から電話が入った。道原は杉村と連絡が取れたという知らせを期待したが、

「杉村は依然、行方不明です」

という。

「現地の警察に連絡してありますか？」

道原はきいた。

「電話で斜里署へ事情を説明いたしました」

「そちらの天候は回復しましたか？」

「昼間ほどではありませんが、まだ吹雪いてます」

道原は、杉村の無事を祈るといって電話を切った。

その後、アマチュア無線家からSOSを傍受したという連絡は入らない。

「自分の発信した救助要請が、警察に伝わったかの確認をしそうなものですが？」

伏見が冷めかけた味噌汁を飲んでいった。

「畑と堀川が傍受した『スギムラ』という男が無事でいればな」

彼が再度、雪崩に襲われたり、重傷を負っていて無線機すら操作できなくなっていることも考えられた。

夜がふけた。窓をのぞくと小雪がちらついていた。風はおさまったようである。署の庭を帰宅するらしい人が傘をさして遠ざかった。

3

十二月五日午前四時半。署の裏庭から五台の車に分乗した救助隊員が、小室ら数人に見送られて出て行った。小雪が降りつづいている。

上高地《かみこうち》まで車で入れたとしても、きょうじゅうに遭難現場には着けないだろう。道原の見当では、今夜は横尾《よこお》泊まりではないか。あした山が晴れればヘリが飛ぶ。地上隊とヘリが雪崩現場を確認するのは同時刻ごろになるのではないか。

午前十時。菱友物産・網走出張所員から電話が入った。

杉村の消息は依然不明という。現地の吹雪はおさまり、雪が降りつづいているだけという。彼が消息を絶ってまる一日経過した。斜里署では主要道路沿いを捜索することにするというが、杉村の車を発見できるかどうかは怪しいといっていると出張所員は力のない声でいった。

道原の予想は当たって、早朝出発した救助隊員とマスコミ関係者の二十六名は午後四時、横尾に到着した。今夜は横尾山荘前にテントを張って泊まるという。

「あしたは雪がやみそうです」

小室が刑事課へやってきてそういった。彼も、その後「スギムラ」から無線連絡がないのを不審に思っているようだった。発信されれば、この付近のアマチュア無線家がキャッチし、署に連絡してくるはずだった。

きょう一日、安曇野は小雪が降ったりやんだりしていた。幾多の人間の不安と苛立《いらだ》ちを映したまま空は暗くなった。

菱友物産からはその後、なんの連絡も入らなかった。杉村正記の消息がいまもって分からないということだろう。

「きのうの朝、網走出張所を車で出た杉村正記と、槍沢で雪崩に遭ったと無線でSOSを発した『スギムラ』は、別人ですよね」

伏見がボールペンを持ちながらいった。彼は自分の席でなにか書いていたのだった。たぶん、菱友物産の杉村正記と「スギムラ」が同一人物だったとしたら、どういうことが考えられるかを図にしていたようだ。

「別人さ。ヘリコプターでも使わないかぎり、網走から北アルプスへ着くことは不可能だよ」

道原はいった。

「北海道の行方不明者と、北アルプスの遭難者が偶然同姓同名だったとしても、住所までが同じということはありえない……」

伏見は独りごちて、机に顔を伏せた。

道原は、今夜も署に泊まる、と自宅へ電話した。

妻の康代《やすよ》が、

「着替えを比呂子《ひろこ》に持たせましょうか？」

といった。比呂子は道原と康代の一人娘だ。

「そうしてもらおうか。いや、伏見君に取りに行ってもらう。比呂子に夜の一人歩きをさせるのはよくない」

「じゃ、用意しておきます。食事はちゃんと摂ってくださいね」

「分かった」

道原が受話器を置いたところへ、べつの電話に出た伏見が、

「おやじさん。菱友物産からです」

といって、受話器を差し出した。

他の席の二人の刑事が椅子を立って、道原の席へ寄ってきた。

「杉村が発見されました」

網走出張所員だった。

「ご無事でしたか?」

「おかげさまで。ご心配をお掛けいたしました。元気ということですが、一応、入院させました。私はこれから、彼が収容された病院へまいります」

「なぜ、行方不明になっていたのか、分かりましたか?」

「吹雪の中を走っていて、雪捨て場へ突っ込んで、動けなくなったそうです」

「怪我はしていませんか?」

「大丈夫そうです」

「携帯電話は使えなかったんですね？」

「それにつきましては、これから本人に会って、詳しいことをきいてまいります。本人が正常でしたら、直接電話させるようにしますが、夜間は？」

「私はずっと署にいます。連絡をお待ちしています」

杉村正記は助かった。道原は思わず胸に手を当てた。

杉村本人から電話が入ったのは、夜、九時過ぎだった。

「何回もご連絡をいただいたようですが、ご心配をおかけしてすみませんでした」

声をきくかぎり異状はなさそうである。

杉村の話によると、彼はウトロの近くから網走出張所に引き返そうとした四日の午後二時ごろ、猛吹雪の中で雪捨て場と思われるところに車ごと突っ込んだ。初めはどんなところへ落ち込んだのかまったく分からなかった。水中に没したも同然で、なにも見えなくなり、ドアも開かなくなった。車を後退させようとしたがスリップするだけだった。

携帯電話で出張所へ掛けたが通じない。一一〇番や一一九番を押してみたが、これも同じだった。車全体がきしむような音がした。車ごと雪に押し潰《つぶ》されるかと思うと焦りが生じたが、外へ出ることができなかった。

窓ガラスを下ろして、そこから脱出しようと試みたが、これも無駄だと分かった。このままだと、車内の空気が濁って窒息死するのではないかという恐怖感も湧いた。窓から手を出し、雪を押しのけては固め、窓ぎわに空間を作った。反対側も同じようにした。

やがて燃料が切れてエンジンがとまったら、凍死するだろうという不安感が頭をもたげてきた。

パンと牛乳とコーヒーがあったから、これで半日ぐらいは我慢できそうだとは思った。

ラジオを掛けたが、雑音しか入らなかった。

時計を見て、まる一日が経過したのを知った。

食べ物も飲み物もなくなった。燃料も底をついた。窓から脱出するしかないと決め、上半身を出し、雪洞の空間を広げていった。ようやく全身を外へ出すことができ、頭上に空間を広げた。両手の爪のあいだから血がにじみ始めた。

二時間ぐらいかかったろうか。天井《てんじょう》に穴が明いた。頭を出し、雪の上にからだを出すことができた。走っている車のライトが見えた。

道路だ。助かった、という実感を摑《つか》んで、雪の上を這った。

道路に出て、のろのろと走ってきた車をとめて、助けを求めた。運転していた男性は、彼の顔や手を見て病院へ運んでくれた。

「よかったですね。あなたの気力の勝利です」

　道原はいった。

「まだ、雪の中にいるようですし、からだがふらついています」

「あなたは山に登りますか？」

「趣味の一つが登山です」

「冬山経験は？」

「ありませんが、春山で腰まである雪の中を歩いたことがありますし、スキーをやるものですから、雪に対しての馴れはありました」

「ところで……」

　道原は口調をあらためた。

「あなたと同姓同名で、住所も同じ男の人から、きのう、北アルプスで雪崩に襲われ、パーティーのメンバーが行方不明になったというSOSの無線が傍受されました」

「えっ。私は東京の世田谷区に住む杉村正記ですが……」

「無線でもそう呼びかけています」

「それは、なにかの間違いです。同姓同名でも住所が違うのではないでしょうか？」

「それも考えましたが、無線が発信されたことは事実です。そこで、遭難したという場所へ救助隊が向かっています。SOSを発信した人が、あなたと同姓同名、住所も同じだといったとして、あなたにはなにか心当たりがありますか?」

「心当たり……。ありません。誰かが私の名を使ったということでしょうか?」

「そうとしか考えられません。あなたが北海道へ出張なさっていることを知った時点で、あるいは悪質ないたずらではないかという思いがありましたが、人命重視を第一に考えて、救助隊を出動させました。北アルプスは激しい吹雪です。山をやるあなたには想像がつくでしょうが、これも命がけです。二重遭難の危険もあります」

「よく分かります」

道原は、よく考えて、もし思い当たるものがあったらあらためて連絡してもらいたいといった。

電話を切ると伏見が、

「杉村の感触はどうでしたか?」

ときいた。

「驚いていた。いまの電話では、彼には思い当たる人間はいないようだが……」

道原はいまの杉村正記との会話を、頭に再現した。

彼は小室に、杉村の電話の内容を話した。

「無線は、いたずらでしょうか？」

小室は眉間《みけん》に皺《しわ》を立てた。

「いたずらだとしたら、SOSを発信した人間と杉村正記にはなんらかのつながりがありそうだね」

「一人は北アルプスで雪崩に遭ったといった。一人は北海道でまる一日以上雪に埋まっていた。雪に埋まったという偶然が重なったんでしょうか？」

「もしかしたら、一方は、杉村正記が北海道で雪に埋まったのを知っていたのかな？」

「杉村正記が車ごと雪に埋まったのは、きのうの何時ごろですか？」

「午後二時ごろだといっていた」

「SOSを傍受したのがそのころです」

「杉村正記が雪に埋まったのを目撃した人間が、いたずらしたのかな？」

「北海道の知床からは、無線の電波は届きません」

「そうだねぇ。目撃した者が、この近くに住んでいて、無線機を持っている者に電話連絡したということも……」

「なんのためでしょうね？」

「杉村正記を恨んでいる誰かかな?」

道原は、杉村正記と連絡がついたので帰宅を考えたが、やはり泊まることにした。

伏見も泊まるといって、自分と道原の着替えを取りに車で出掛けた。

いつの間にか寒空に星が出ていた。山の雪もやむのではないか。

4

きのうの早朝出発した救助隊とマスコミ関係者が、赤沢山南の槍沢へ到着したのは昼だった。きょうは雪がやみ曇り空だという。

「これから付近を捜索するが、いまのところ雪崩の発生した場所は見当たらない」

という無線連絡が入った。

その約三十分後、県警のヘリコプターからも連絡が入り、槍沢で捜索中の救助隊員を確認し、その付近を旋回中だが、雪崩の形跡は見つからないし、遭難者らしい者の姿も視界に入らないという。

小室は無線機の前を離れなかった。

道原も無線室へ何度か行ってみた。

地上隊の最初の連絡から約一時間後、槍ヶ岳から下ってきた六人パーティーと合流したが、雪崩の発生箇所はなかったということだったと報告してきた。

つづいてヘリからも報告が入った。上空から見るかぎり、槍沢沿いに雪崩の形跡は認められないという。

「ちくしょう」

小室は奥歯を鳴らした。

三十分後、ヘリからまた連絡があった。槍沢およびその付近には雪崩発生の跡はない。したがって地上隊を引き揚げさせるべきだという報告だった。

現場上空には県警機のほかに二機のマスコミのヘリが飛んでいるが、雪崩箇所を発見していないもようという。

小室は地上隊に、撤退を指示した。二十六人は、今夜も山中に露営し、署への帰着はあすの昼ごろになるだろう。天候次第ではもっと遅くなることも考えられた。

「槍沢で雪崩が発生し、四人パーティーが巻き込まれたもよう」というニュースは四日夜のテレビで報道された。これを観て、何人かの登山者の関係者から問い合わせがあった。自分の家族ではないかと安否を気遣う人たちからだった。豊科署では問い合わせてきた人たちに、「メンバーの中に『スギムラマサキ』という人が入っているか」ときいた。「入っている」と答えた人は一人もいなかった。

県警本部のヘリに乗って上空から捜索した救助隊員の報告が入った。それによると、登山パーティーを巻き込むような雪崩の爪跡はまったく認められなかったというのだ。

これを受けた豊科署の刑事課は、悪質ないたずらをした者の捜査を検討した。

七日午後。杉村正記から電話が入り、無事東京へ帰ったといった。彼は、自分の氏名と住所を使ってSOS無線を発信した者についてはまったく心当たりがないと、あらためて答えた。

県警ではきょうもヘリを飛ばし、槍沢筋とその付近を捜索した。だが、きのうと同様、雪崩の形跡も遭難者らしい姿も発見しなかった。

県警本部も豊科署も、このいたずらを重くみて、捜査員を東京へ出張させることにした。杉村正記に直接会うためである。この捜査には道原と伏見が当たることになった。

道原と伏見は、菱友物産本社に杉村正記を訪ねた。その巨大企業の本社ビルは外堀《そとぼり》通りに面していた。車の往来の激しい道路の反対側は皇居の森である。

杉村が案内した応接室の窓からは澱《よど》んだ色をした濠《ほり》と緑の森が見え、その上を鳩の群が舞っていた。

三十歳の杉村は長身で痩《や》せていた。まる一日以上雪に閉じ込められ、雪と格闘して脱出したわりには顔に凍傷の跡もなかった。手の爪のあいだから血がにじんだというが、それほど荒れているようでもなかった。

「ニュースでご存じと思いますが、SOS無線はいたずらと断定しました。しかし吹雪を衝《つ》いて救助隊が出動したということは、まかり間違えば人命にかかわります。ですから私たちは、この事件を非常に重く受けとめています」

道原は杉村の顔に注目していった。

「ごもっともです。私の名が使われたのですから、私もずっとそのことに心を傷《いた》めているんです」

杉村は視線をやや伏せていった。

「あなたの名前をかたった人間は、あなたが登山をすることを知っていたように思いますが、どうですか？」

「そうですね。山で雪崩に遭ったといっているんですから」

「それと、無線機を持っていることも事実です」

「その人が使ったのがどんな無線機か知りませんが、無線機なら秋葉原《あきはばら》へ行けば誰でも買えるのではないでしょうか？」

「あなたは、無線機をお持ちですか?」

「いいえ。必要がありませんので……」

「どなたかと一緒に登山したとき、無線機を使ったことがありますか?」

「そういう物を持っている人と一緒に登ったことはありません。冬山以外では不必要な道具だと思います」

「あなたはいままで、何人ぐらいの人と山行をしていますか。あるいは、山仲間は何人いますか?」

「登山を始めたのは、大学一年の夏です。最初は同級生と七人で八《やつ》ヶ岳へ登りました。山岳部には入っていませんでしたから、仲間を誘い合っては登りました。一緒に登ったことのある人といったら、そうですね、十四、五人じゃないでしょうか。……いま一緒に登る仲間は三人です。高校と大学で同級生だった男です」

「その中に無線機を持っていそうな人はいませんか?」

「きいたことがありません」

「アマチュア無線家の知り合いは?」

「あ、高校で同級生だった男が、一時無線をやっていました。自宅に高いアンテナを立てたりしていましたが、いまはどうでしょうか……」

その男にはここ四、五年会っていないという。

「その人はサラリーマンですか？」

「食品会社に勤めています」

杉村のいうその食品会社も有名企業だった。高校時代に無線に凝《こ》っていた男は登山をしないはずだという。

「あなたが北海道で雪に埋まっているとき、北アルプスで雪崩に遭い、パーティーの三人が行方不明で、当人も雪に埋まって身動きがとれないと、無線に呼びかけた。それは偶然でしょうか？」

「偶然としか思えません」

ドアにノックがあり、若い女性が杉村に電話が入っているが応接室へ回してよいかときいた。

「そちらに行きます」

杉村はソファを立った。

「彼はどこも怪我をしなかったようですね」

伏見が小さな声でいった。

「顔も手もきれいだな」

杉村は五、六分で戻ってきた。

道原は杉村に山仲間の名前と住所などをきいてノートに控えた。

「彼らにお問い合わせなさるんですか？」

杉村の顔が曇った。

「そのつもりです。なにかお困りのことでも？」

「いえ。私の名が使われたことは、誰にも話していないものですから」

「私たちから説明します。あなたに迷惑はかからないと思いますが……」

杉村は小さく首を動かした。

「私たちは、こんなふうにも考えているんです。無線で呼びかけた人間、それは男に間違いありません。……あなたになんらかの恨みを持っていて、あなたを困らせてやろうとしたのではないかとね」

「自分では、人に恨みをかっているとは思っていません。そういう人に心当たりがあれば、申し上げます」

「その点についても、よくお考えになってください」

道原は、思いついたことがあったら、隠さずに連絡してもらいたいといって立ち上がった。

杉村はエレベーターまで送り、深く腰を折った。

杉村が山仲間だといって挙げた三人を、それぞれの勤務先に訪ねて会った。三人とも、北アルプスで雪崩に巻き込まれたといういたずらのSOSを発信した事件があったことは知っていた。登山の趣味を持つ人たちだから、山で起きた事件には敏感なのだろう。しかし、杉村正記の名前と住所が使われたことは知らず、三人は一様に目を丸くした。

三人の話で、杉村には冬山経験がないことがほぼ裏づけられた。

「杉村は、登山よりもスキーのほうが好きだと思います。夏にニュージーランドへ滑りに行ったことがあるくらいですから」

という話をきいた。

三人は杉村の性格を、温和で、気むずかしいところがなく、誰とも和気藹藹《あいあい》でやっていける男で、強い個性がないところから誰にも好かれるタイプだと評していた。いくぶん気弱だろうという人もいた。争いごとを起こしたこともなさそうで、人から恨まれるような人間ではないというのが、一致した見方だった。

三人のうち二人は結婚していた。杉村が独身でいることについては、べつに理由はなさそうだという。

恋人はいるのかときいたところ、いるらしいが、相手がどういう女性かは知らないという。

杉村の父親は、大手生命保険会社社員。彼は長男で、他の家族は母と妹だった。妹は区立図書館勤務であることなどが分かった。

杉村と高校の同級生で、食品会社に勤めている男に会うため、その会社に電話すると、一か月前からアメリカへ出張中で、年末でないと帰国しないことが分かった。

5

道原は、署に帰る列車の中で、北アルプス南部を管轄する山岳遭難救助隊に恨みのある者の犯行ではないかとも考えた。救助隊そのものか、あるいは特定な隊員に対してである。

北ア南部の山岳地を管轄する救助隊は豊科署に所属していて、小室をのぞいて現在二十一名いる。うち九名が警察官だ。警察官も県内から本人の希望によって選出された。他は、消防署員二名、豊科町役場職員二名、会社員三名、上高地周辺のホテル（山小屋をふくむ）従業員三名。フリーアルバイター二名の合計二十一名だ。うち、今回出動できなかったのは、会社員の一名とホテル従業員一名である。

道原は署に帰着すると、東京で調べたことを報告するとともに、列車内で思いついたことを、四賀《しが》刑事課長に話した。

「遭難が発生すれば、かならず救助隊が出動する。それを狙ったいたずらというわけか……」

課長は天井に顔を向けた。

「救助隊が出動するのを面白がるだけでなく、二重遭難事故が起きるのを期待したことも考えられます」

「救助隊を恨むとしたら、その理由はなんだろう？」

「過去の遭難救助処理に対する不満も、理由の一つに挙げられるでしょうね」

「四日にＳＯＳを傍受したアマチュア無線家は、明科町と豊科町に住む人だったね。たとえば大町《おおまち》とか白馬《はくば》に住む人からは、傍受したという届出がなかった」

「この辺の無線家のみがキャッチしうる距離から発信したものでしょうね」

「というと、うちの救助隊を狙ったことも考えられるねえ」

課長はあした、救助隊指揮官の小室主任と相談したうえで、二十一名の隊員全員から事情をきいてみようといった。

皮肉なことに、安曇野にはきょうも蒼空《あおぞら》が広がり、白い雲の影をところどころに置いていた。西側には白い山脈が南北に伸びている。穂高《ほだか》と槍も快晴ということである。

小室を刑事課へ呼び、昨夜の道原の思いつきを話した。

「おれが恨まれているのかな?」

けさの小室の頰《ほお》と顎《あご》には不精髭《ぶしょうひげ》があった。

「なにか心当たりでもあるのかね?」

課長がいった。

小室は笑って首を横に振った。

最近の遭難事故の処理が不満で、それを抗議したような人間はいないかを小室にきいた。

「どの遭難についても、関係者は多かれ少なかれ不満を持っています。遭難者側は、こちらの都合や事情を酌《く》みませんからね。どんなに悪天候でも、身内を早く救助してもらいたいという焦りがありますから、無理なことや、ひどいことをいう人がいます。今年の二月、奥穂《おくほ》で動けなくなった学生の三人パーティーの母親には、参りました」

「どんなことをいったんだね、その母親は?」

課長がきいた。

「現地が吹雪で、救助隊は上高地から進むことができなかったんです。ここへ集まった遭難パーティーの一人の母親は、『救助隊は、遭難者を救助するためのものなんだから、すぐに助けてくれ、それが仕事じゃないか』といって、現地の天候のことなんか考えにないみたいでした。『遭難者を助ける気がないんじゃないか』ともいいました。救助隊員も人間で、家族がいることを忘れているんです。その学生パーティーは、遭難と決まったわけじゃなかったんです。激しい吹雪で動けなくなったから、無線でSOSを発信しただけでした。私が無線で呼びかけたら、岩陰にテントを張っているが、三人とも怪我はしていないし、食糧も燃料もあるといいました。……私は母親に、『こんな軟弱な息子を、山に登らせるな』っていってやりました」

「その母親は、なんていった？」

「救助隊員のほうこそ軟弱じゃないかって、食ってかかりましたよ」

「やりきれないよな、救助隊も」

課長は白い歯を見せた。

課長は、救助隊の全員から事情をきくことを小室に断わった。

事情聴取は、警察官から始めた。

遭難救助に関してだけでなく、日常の職務中、あるいは個人的に恨みをかっていると思われることはないかを、課長と道原で細かくきいた。

だった。

九名とも、思い当たる人間はいないと答えた。

次に豊科消防署員の二名を呼び、同じ質問をした。彼らの答えは、九名の警察官と同じだった。

豊科町役場の職員の答えも同じだった。

三名の会社員にもきいた。三人とも松本《まつもと》市内や豊科町の企業に勤務している。今回出動できなかった一人は、風邪《かぜ》をひいて会社を休んでいた。上高地周辺のホテルの従業員三人は、冬季は各地でアルバイトをしていた。今回出動できなかった一人は、海外へ新婚旅行中だった。

フリーアルバイターの二人は、山岳救助隊員が不足しているという新聞記事を見て応募し、登山経験を買われ、採用された。この二名だけが地元出身者ではない。二名とも夏場は、穂高の登山基地でもある涸沢《からさわ》に常駐隊員として詰め、登山装備や持ち物についての指導をする。事故が発生すれば、すぐに現場に駆けつける。定職に就かずフリーでいるのは、いつでも救助に出動できるからだ。三度の飯より山が好きな青年である。

二十一名全員から事情をきき終えるのに四日間を要した。だが、誰からも気になる話をきくことはできなかった。

道原は、SOSを発信した人間は、救助隊と杉村正記の双方を困らせるのが目的ではなかったかと想像した。

伏見は、警察に対する恨みではないかといった。

警察への恨みであったとしても、実在する人間の名を使ったのはなぜなのか。

杉村正記を困らせてやると仕組んだいたずらにしても、彼に実害はなかった。

警察は救助隊を出動させたのだから、その費用は損害だ。吹雪を衝いて山に入った二十六名は危険な思いをした。それだけで犯人の胸のつかえは癒《いや》されただろうか。

いたずらをして困らせてやろうという思いの根源は、恨みか妬《ねた》みではないか。だが相手に実害を与えたという手応えがなかったら、満足感は得られなかったはずだ。犯人は以後、べつの方法でのいたずらを考えないだろうか。

二章　白骨と赤い紐

1

ゴールデンウィークが終ったばかりの五月七日、豊科消防署に郵便小包が届いた。

表書きは［豊科町　豊科消防署御中］とあり、差出人は［東京都中野《なかの》区東中野四丁目×番×号　古川敏男《ふるかわとしお》］となっていた。［ゆうパック］という紙箱である。

切手代わりの白地のシールが貼ってあり、赤い文字で［京橋《きょうばし》千代田ビル内］発送は［98・5・6］とあった。

「受取人を指定していない荷物は気味が悪いな」

総務課長は小包を机の上に置いた。

「爆発するんじゃないでしょうね」

隣の席の若い職員がいった。

「おどかすなよ。君が開けてみろ」

「そういうのは、課長の仕事でしょ」

いわれて課長は、白いガムテープにカッターを入れ、一直線に引いた。

中身は茶色の紙包だった。紙包は茶色のガムテープでとめてある。課長は紙包を振り、中の音をきくように耳に近づけた。なんの音もしなかった。重量感もない。

「大丈夫そうだ」

課長はつぶやくと、ガムテープをカッターで切った。茶色の紙は何重にも巻いてあった。今度は白くてやわらかい紙が現われた。疵《きず》のつきやすい物を包むさいに使う薄紙である。

「なんだ。これ……」

課長は白い紙を広げると、大きな声を出した。

三人の男女職員が包みの中をのぞいた。

「きゃっ」

女性職員が口に両手を当て、顔を横に向けた。

「骨だ」

若い男の職員がいった。

「人間の足の骨です」

もう一人の男の職員が、臭《くさ》い物を嗅《か》いだように鼻に皺《しわ》をつくった。

課長は赤い物を見て、白い紙の端をそっと摘《つま》んだ。

赤い紐《ひも》が丸められていた。

「課長。それ、靴紐《くつひも》じゃないでしょうか？」

「そうらしい。かなり長い靴紐だねえ」

課長は、赤い紐に手を触れなかった。

彼はあらためて真上から中身をじっくり観察する目つきをした。

たしかに人間の足骨《そっこつ》のようである。白骨であり、片方だ。足首から下である。

課長はサンダルを履いた自分の足に目を落とした。左右の足を見たのである。

「右足の骨だな」

「猿の骨じゃないでしょうか？」

男の職員がいった。

「気味が悪い」

課長は白い紙で、白骨と赤い靴紐をおおい隠した。

「手をつけるなよ」

彼はそういうと、署長室へ急いだ。

署長はこの四月一日に他署から異動してきた人である。毎日、新任の挨拶《あいさつ》回りに、役所や主な企業を飛び回っている。上着を脱いで、遅い昼食に箸《はし》をつけたところだった。五十歳だが、額《ひたい》の生えぎわがかなり後退している。

彼は、課長の報告をきいて、飲みかけたお茶にむせた。

「すみません。お食事中に」

課長は頭を下げ、自分のハンカチをポケットから取り出そうとした。

署長は、青い縞《しま》のハンカチで口を拭《ぬぐ》った。

「足の、骨が……」

署長は椅子《いす》を立った。

署長室を出て、課長の席に近寄った。ハンカチを口に当てている。

職員は、署長の顔に注目した。白骨を直《じか》に見てどんな反応を示すかに興味を持った。

署長は、白い紙の端を摘んだが、すぐに顔をそむけ、

「警察だ。警察に連絡してください」

といって、署長室へ引き揚げた。

豊科警察署は隣接地だ。駆けて行ったほうが早いくらいの距離である。

すぐに六、七人の警察官がやってきた。そのうち三人は紺色の作業服に同色の帽子をかぶり、手袋をはめていた。鑑識係である。

まず鑑識係が白のやわらかい紙を取りのぞいた。

「人間の足骨だ」

四十半《なか》ばの鑑識係がいった。

帽子を反対にかぶった男が、包みを撮影した。

警察官は二十分くらいで、人骨を箱に収めると持ち去ることにした。

刑事の道原は、一足遅れて消防署に着いた。

鑑識係が紙箱を胸に抱いていた。

「ちょっと待て」

道原は、先に着いていた伏見と牛山《うしやま》の両刑事に、署からカメラを持ってこさせた。

「この箱をここから持って出たら、ゆっくり歩いてもらいたい」

「はい」

鑑識係は返事をしたが、なぜかという表情をした。

「伏見君と牛山君は、ここと二階の窓から、箱を持って移動するのを見ている者を撮影してくれ。要するにこの近所にいる人間を全部撮《と》れということだ」

「分かりました」

牛山がカメラを首に吊《つ》って二階への階段を駆け登った。

伏見は事務室の窓から道路にレンズを向けて構えた。

人骨を大事そうに抱えた鑑識係が二人にはさまれて外へ出、ゆっくりと歩道を歩き、警察署の門を入り、玄関へ向かった。

道原は刑事課で、署長や四賀課長らとともに、あらためて人間の足骨を見つめた。

「大きさから見て、おとなだろうね」

課長がいった。

右足であることは間違いなかった。

「死後、どのくらい経過していると思う？」

課長が鑑識係にきいた。

「少なくとも、半年以上はたっていると思います」

「なんのために、消防署へ……」

課長は口をへの字に結んだ。

道原は赤い靴紐を箱から取り出して伸ばした。スケールを当ててみた。二メートル一〇センチあった。その紐は平たい形をしている。

「山靴の紐じゃないでしょうか」

道原はいった。

「そう古いものじゃなさそうだね」

山靴の紐は古くなると爪先に近いD環に通した部分がささくれ立ってくる。雪に埋まったり、岩角などで摩擦することが多いからである。

「足の骨と山靴の紐か……」

署長がつぶやいた。

足骨には傷はなさそうだった。これはただちに松本市にある大学の法医学教室へ持ち込むことになった。人骨かどうか。血液型。年齢の推定。死後経過。生体のサイズなどを検《しら》べてもらう。

警視庁に、小包の差出人に該当があるかどうかの確認を依頼した。その回答は三十分後に住所の所轄署からあったが、同所に「古川敏男」なる人物の居住は認められないということだった。

足骨に山靴の紐が添えてあったことから、道原は思いついて小室を呼んだ。

小室はくわえタバコで刑事課へ入ってくると、テーブルの上の灰皿に吸殻をこすりつけた。

彼は足骨を見たあと、赤い紐を見て、山靴に使う紐だと断定するようにいった。

「私はね、山の遭難者の遺骨じゃないかと思ったんだよ」

道原が小室にいった。

小室は黙って首を動かした。

「うちの管轄内の山で、行方不明のままになっている登山者は何人いる？」

「ここ五年間で三人います」

一人は冬山、二人は降雪期以外の時季の登山者だという。

冬山の行方不明者はパーティー登山だった。雪庇《せっぴ》を踏み抜いて転落した。遭難発生直後に三日間捜索したが、天候が崩れたのと、現場が深い谷であることから寄りつけず、生存の可能性なしとみて打ち切った。一昨年一月のことである。雪解けを待って、行方不明者の山仲間が何回となく谷に入って捜索したが、いまだに遺体は発見されていない。

あとの二人はともに単独だった。一人は登山コースが計画書で分かっていた。やはり友人や知人が何回もそのコース沿いをさがしたが、痕跡《こんせき》はまったく見つかっていない。その人が消息を絶ったのは四年前の七月である。

もう一人は昨年七月に行方不明になった。家族は北アルプス南部の山へ登るといって家を出たことしか知らなかった。したがって捜索願いを受けたが、どの山に登るためにどのコースをたどったのか分からなかった。

「行方不明の三人は、消防署に関係はないかね？」

「一人は埼玉《さいたま》県の高校教師、一人は東京の会社員、昨年七月行方不明になった人は、松本市の病院に勤める医師です」

三人とも消防署とは直接関係がなさそうである。

県警本部とも協議し、人骨が消防署に送られてきたことをマスコミに伝えはするが、報道は差し控えてもらうことを決めた。

道原は窓辺に寄った。署の庭を囲む塀ぎわにタンポポが咲いている。ゴールデンウィークほどではないが、安曇野を訪れるハイカーの数が多くなった。隣接の穂高町には有名な美術館やワサビ園があるせいで、観光客がめっきり増え、何軒かのそば屋では昼どき長い列ができるという。

道原も穂高町に住んでいる。晴れの日は、ピラミッド型の常念《じようねん》岳が白い大型テントを張ったように眺められる。田んぼのレンゲの花もまっ盛りだ。

雪解けを待ちわびていた登山者が、赤や青の大型ザックを背に続々と穂高や槍へ入って行く。

消防署へ送りつけられた紙製の箱を持って、これを発送した郵便局へ聞き込みに行った刑事が帰ってきた。どんな人間が発送を依頼したのか覚えているかを局員にきいたのだが、毎日、同様の小包を送る人は何人もいるため、記憶にないということだった。

2

伏見と牛山は、消防署の窓から隠し撮りした写真をアルバムに貼っていた。二人は短時間のうちに約四十コマを撮っていた。同じ人間を何コマも写しているのもあった。道路の端にとめてある車も、走行中の車も入っていた。牛山のカメラは、警察署を出入りする警察官の姿もとらえていたし、消防署員の顔にも焦点を合わせていた。後日、なにかの役に立つかもしれないと思いついて、道原が撮らせた写真だ。

大学の法医学教室から、消防署へ送りつけられた足骨の鑑定結果が届いた。なお検査はつづけられているが、判明したかぎりだという。

それによると足骨は人間の右足で、血液型はB型。推定サイズ（生体）は二十六センチ。死後八、九か月。

道原はこれを携えて小室の席を訪ねた。

「血液型は、去年の七月、北アルプスに登ったまま消息を絶っている医師と同じです」

小室はいって、ロッカーから書類を抜き出した。

その人は、島崎《しまざき》潤也《じゅんや》・三十一歳。住所は松本市水汲《みずくま》。市内依田《よだ》病院内科勤務。独身。

島崎潤也は、昨年七月十日の早朝、休暇を利用して単独で北アルプスに登るといって、自宅を出発した。

彼は高校時代から登山を始めた。高校も大学も松本市だった関係で、冬山以外は何人かの仲間とともにしばしば北アルプスや中央アルプスに登っていた。大学を卒業してからはたまに単独で山に出掛けることもあった。一泊で帰ってくることもあり、二泊のこともあった。

昨年は五月中旬に単独で出掛け、七月は同年二回目の山行だった。

家族には、「山へ行ってくる」というだけで、どの山へ登るとか、どのコースをたどるかなど詳《くわ》しく話すことはなかった。

山行中の写真を撮るのも趣味の一つで、山で撮った写真をアルバムに整理し、ごくたまに引き伸ばしてパネルにすることもあった。そのパネルはたいてい人にプレゼントした。自宅の自分の部屋にもパネルが飾ってあるが、それは外国の山で撮った写真だった。

昨年七月の山行に出発するさい、彼は同居の母親に、「今度は二泊だからね」とだけいった。母親はそういうことに馴れていたので、「気をつけてね」といった。

彼はいつもの山行と同じで、赤いザックを背負い、重そうな山靴を履いて、午前六時ごろ出て行った。

七月十日、十一日はいつものように山小屋に宿泊し、十二日中に帰宅するものと家族は思っていた。その間、彼から電話はない。これもいつもと同じだから、心配する者はいなかった。

帰宅予定の十二日夜になっても、なんの連絡もないので、さすがに胸騒ぎを覚えた母親が、大学の同級生で島崎の山仲間でもあった男の自宅に電話した。その友人は、彼が山に出掛けたことは知らなかったと答えた。

十三日の朝、母親は松本署に、「山へ登った息子が帰ってきません」と、電話した。

松本署は母親の話を豊科署に伝えた。

その日も島崎潤也は帰宅しないし、電話もなかった。

島崎の家族から正式に捜索願いを受けた豊科署は、北アルプス北部を管轄する大町署にも連絡し、全山小屋に島崎が宿泊したかどうかを照会した。

すべての山小屋から回答があったが、島崎は泊まっていなかった。

彼は入山した十日に怪我か病気になって、第一日目に宿泊する計画の山小屋へ着くことができなかったものと断定した。

彼は入山基地に登山計画書を提出していなかった。したがって、どのコースをたどってどの山小屋へ泊まるつもりだったのかの見当もつかなかった。このような場合、捜索願いを受けつけても捜索のしようがないというのが実状である。

頼りになるのは、登山者からの通報だ。登山コースに怪我人がいると最寄りの山小屋へ知らせてくれるのを待つ以外には方法がない。

県警では一応、ヘリコプターを飛ばし、尾根筋の捜索をしたが無駄だった。涸沢の常駐隊にも行方不明者が出たことを伝えたが、島崎の消息に関する情報は一件もなかった。

道原は伏見を伴って、松本市の島崎潤也の自宅を訪ねた。

潤也の母親しず子と姉の熊谷《くまがい》智子《ともこ》がいた。智子は歯科医と結婚して、市内に住んでおり、子供が二人いるということだった。

父親は公雄《きみお》といって、市内の自動車販売会社の役員だという。

しず子は二人の刑事を応接間に通した。

智子がお茶を運んできて、母親の横にすわった。

刑事になにをいわれるかと、二人は膝《ひざ》の上で手を固く握った。表情も強張っている。

「潤也さんの血液型はB型でしたね？」

道原が切り出した。

「B型です」

しず子が答えた。

「足のサイズをご存じですか？」

「靴はたしか二十六センチのを履いておりましたが……」

道原はうなずいて、茶封筒から透明のビニール袋に入れた赤い靴紐を取り出してテーブルに置いた。見覚えがないかといって、母娘の表情を観察した。

「これは登山靴の紐ではありませんか？」

そういったのは智子だった。

「潤也さんが履いて行った山靴の紐は赤でしたか？」

「さあ……」

母娘は顔を見合わせた。いや、智子がしず子に、「どうだった」と目顔できいたのだ。

母親はよく覚えていないようだった。

「潤也さんは、山靴を何足も持っていますか？」

「古いのが一足、物置きに入れてあると思いますが……」

これも自信なさそうだった。

古い山靴を見せてもらうことにした。

しず子が立ち上がると、智子が後を追った。

裏口の戸を開ける音がした。物置きは裏庭にでもあるのだろう。

十分ほどして、智子が段ボール箱を抱えてきた。

箱の中身は、履き古した登山靴、毛糸の厚手の靴下一足、十二本歯のアイゼンにバンドだった。その登山靴には靴と同じ色の茶色の紐がついていた。紐は傷《いた》んで切れそうになっているところもあった。靴底の刻みには細かい石粒がいくつかはさまっていた。

「じつは……」

道原は、去る五月七日、豊科消防署に東京都中野区の「古川敏男」名で、人間の足骨と赤い靴紐が送られてきたこと、足骨を検べたところ、血液型がB型で、足の大きさは二十六センチであることが判明したのだと説明した。

それをきくとしず子は、両手を口に当てた。

「送られてきたのは、足の骨だけですか?」

智子はわりに冷静だった。

「右足の骨だけです。それで、ひょっとしたら潤也さんではないかと思いましたので……」

「消防署にとは、いったいどういうことでしょうか？」

「それが分かりません」

「メッセージかなにかは添えてなかったんですか？」

「ありません」

潤也がどんな色の紐を締めた山靴を履いていたのか知りたいのだが、山で撮った最近の写真を見せてもらえないかと道原はいった。

「写真はたくさんあります。最近のをわたしは見ておりませんが、アルバムを出してまいります」

しず子は応接間を出て行った。潤也が使っていた部屋は二階らしい。

彼女はすぐに戻ってきた。黄色と緑色の表紙のアルバムをテーブルに置いた。

すべて山中で撮った写真だった。

鬱蒼《うっそう》とした森林の中に吸い込まれるような山径、落葉が堆積した登り坂、落葉の上に薄く積もった新雪、岩陰で震えるように咲いている白と紫色の小花、暗い森林の中から仰いだ蒼空《あおぞら》、岩に手をかけて下っている女性の登山グループなどの写真が数ページに貼ってあった。その中には潤也の写真は一枚もない。単独で登った折に撮ったものだろう。

山小屋の前で男が二人並んでいるのがあった。二人とも上半身が写っている。

「右側が弟です」

智子がいった。

潤也はすらりとしていた。身長は一七六、七センチだという。

次のページに、潤也が岩場にすわっているのがあった。同行者がやや下のほうから撮ったもので、靴が大きく写っていた。靴紐は赤だった。そのページには［1996年7月］と書いてあった。彼が行方不明になる一年前の写真だ。

その年の九月にも彼は山に登っていた。このときも同行者がいて、潤也の全身写真があった。山靴の紐の色はやはり赤だった。足元に赤いザックが置いてある。

「この写真をお借りしたいのですが」

道原がいった。

「何枚でもどうぞ」

しず子は力のない声でいった。

道原は、潤也が日ごろ履いていた靴を見せてもらった。それのサイズは二十六センチだった。

島崎潤也の血液型と足のサイズが、消防署に送りつけられた足骨と一致した。そして最近のアルバムから、昨年七月十日、彼が履いていた山靴の紐の色が赤だったらしいことが判明した。山靴の紐は傷まないかぎり、めったに取り替えることはないだろう。

道原は、潤也と最も親しかったと思われる人の名をきいた。

「そのアルバムに潤也と一緒に写っている増沢《ますざわ》さんです」

しず子が答えた。

増沢は松本市役所の職員だった。潤也とは高校の同級生で、何回も一緒に山に登っている仲で、彼が行方不明になったのを知って、いち早くここへやってきたのだという。

3

道原と伏見は、松本市役所へ増沢を訪ねた。

増沢の所属は、商工部商工課だった。受付で彼を呼ぶと、島崎のアルバムで見た顔が近づいてきた。丸顔でやや小柄な男である。

彼は二人の刑事を、窓辺に近い応接セットに案内した。

道原はまず、島崎と最後に山に登ったのはいつかと、増沢に尋ねた。

「一昨年の九月です」

彼は明快に答えた。

「そのとき、島崎さんが履いていた靴の紐はどんな色だったか覚えていますか?」

「靴紐の色……」

彼は首を傾《かし》げた。その顔は、刑事がなぜ山靴の紐の色をきくのかといっていた。

「赤ではなかったかと思いますが、自信がありません」

「あなたの紐はどんな色ですか?」

「黄色です」

彼は即座に答えた。自分の靴紐の色は覚えているが、同行者の靴紐の色については明確な記憶はないようだ。

ひと昔前までは、山靴の紐といったら、靴と同色が主流だったが、最近は靴そのものがカラフルになった。同時に紐の色も多彩になり、青や緑や灰色や二色の編《あみ》紐も出回っている。

道原は、島崎家から借りてきた写真を見せた。

「これは一昨年九月の山行のものです」

増沢は写真を一目見て答えた。このときの島崎の靴には赤い紐が結ばれている。

「このあと島崎さんは靴紐を替えているでしょうか?」

「替えていないと思いますよ。岩場でひどくすれるか、なにかに引っかけて切れないかぎり。靴紐はそうそう傷むものではありませんから。ぼくは万一に備えて、いつも予備の靴紐をザックに入れて登りますが」

「島崎さんも同じでしょうか？」

「彼が予備の靴紐を持っているのを見たことはありません。そうだ、思い出しました。島崎は一昨年の春、新しい山靴を買いました。古い靴はまだ履けたが、登山用品店で靴を見ているうちに急に欲しくなって、買ってしまったといっていました。外国製の軽いやつでした」

彼はそういってから、島崎の山靴の紐でも見つかったのかときいた。

道原は、豊科消防署に送られてきた足骨と赤い靴紐のことを話した。

「消防署へとは、どういうことなんでしょうか？」

増沢は顔色を変えた。

足骨と靴紐が一本だけ送られてきたのを、どう思うかと道原はきいた。

「家族には気の毒ですが、島崎は山中で亡くなっていると思います。その遺骨を登山者が見つけ、足の骨と靴紐を持って帰り、いたずらに送りつけたんじゃないでしょうか？」

増沢は想像をいった。

「登山者が白骨化した遺体を見つけたということは、島崎さんは登山コースか、その近くで亡くなっていたことになります」

「そうですね」

「それなら、遺体を見たのは一人や二人ではないような気がします。遺体を見た者が全員、警察なりマスコミにそれを知らせないということはないと思います」

「そうか。そうですね。島崎は人目につかないところで亡くなっているんですね」

「人目につかないところで亡くなった人の遺体を、登山者が偶然見つけたのでしょうか?」

「キジ撃ちとか、径《みち》に迷ってコースをはずれて歩くうち、偶然、遺体と出会ったということではないでしょうか?」

「そういう場合、たいていの人はびっくりして腰を抜かすと思います。それなのに、足首と履いている片方の靴から紐を抜いて持ち帰り、それを消防署に郵送する……」

「普通の神経の持ち主ではありませんね」

増沢は眉間《みけん》を寄せた。

「増沢さんは、島崎さんから事前に、どこに登るかをきいていませんか?」

「彼が山に登ったのを知りませんでした。彼のお母さんから、下山予定日になってもなんの連絡もないときいて、ぼくはびっくりし、すぐにお母さんに会いに行きました」

「あなたは島崎さんとは、たびたび会っていましたか？」

「会うのは月に一回ぐらいでした。電話はよく掛け合っていましたが」

「山の話をすることはあったでしょうね？」

「たまには山の話をしました」

「そのとき、島崎さんから、どの山に登りたいとか、登山計画をきいたことはありませんか？」

「去年の正月に会ったときのことだったと思いますが、『今年は北アルプスで登ったことのない山へ登りたい』といっていました」

「それはどの山ですか？」

「南部では霞沢岳《かすみざわ》、六百山《ろっぴゃく》、三本槍《さんぼんやり》。それから餓鬼岳《がき》です。北部では朝日岳《あさひ》へ登っていないということでした。ぼくも朝日岳以外は登る機会がなかったので、一緒に登りたいと話したものです」

霞沢岳、六百山、三本槍は上高地の東側に当たるが、岳沢《だけざわ》や梓川《あずさ》右岸から眺めながら、登っていない人は案外多い。最近まで登山コースが開発されていなかったせいだろう。

「すると島崎さんは、自分の未踏峰へ登った可能性がありますね？」

「考えられます。彼が行方不明になった直後、豊科署の方にそれを話しましたし、ぼくが集めた六人で三回、いまお話ししました山へ捜索に登りました」

しかし島崎の痕跡はなに一つ見つけることはできなかったという。

「霞沢岳へは、どこから入りましたか？」

「徳本峠《とくごう》へ登る途中からです」

正規の登山コースはその一本のみだ。

六百山と三本槍へはどこから入ったかをきいたところ、正規のコースのない山へ島崎が単独で登るはずがないから、省いたという。

「餓鬼岳はさがしましたか？」

「行きは中房温泉から東沢《ひがし》を経由して餓鬼岳へ登り、下りは大凪《おおなぎ》を経由して白沢《しら》をたどりました」

朝日岳へは、蓮華《れんげ》温泉からカモシカ平コースを往復したという。

増沢の話をきいて、五人や六人で登山コースをたどっただけで、遺体や遺品を発見できるわけはないと道原は思った。もしも島崎が登山コース上に倒れていたら、とっくに他の登山者が発見して、警察にその連絡が入っているはずである。

道原は、何者かの手によって送られてきた足骨と赤い靴紐は、島崎潤也に違いないという感触を得て署に帰った。

小室をまじえて、島崎がはたしてどうなっているかを検討した。

「島崎は、登山中に怪我か病気になって、倒れたのではないような気がします」

伏見がいった。

「どうなったと思う？」

道原がきいた。

「もしも怪我をしたり、病気にかかったとしたら、誰かに発見されようとして、登山道でじっとしています。そうしないと助からないからです」

もっともな見解だ。

「怪我や病気でなかったとしたら？」

「事件に巻き込まれたんじゃないでしょうか？」

「殺されたというんだな？」

「殺されたのは登山コース上でしょうが、人目に触れないところへ引きずり込まれているのだと思います」

「ぼくも事件に遭ったとみています。山中で殺《や》られたんじゃなくて、里で殺られて、遺体をどこかに埋められたような気がするんです」

牛山だ。

「根拠は?」

「遺体が山中にあるとしたら、まだ残雪の中です。犯人には殺った場所が分かっていても、それは夏の雪のないときのことで、雪が積もったら正確な地点の見定めがつきにくくなってしまうんじゃないでしょうか。犯人は遺体を最近掘り出し、足骨だけを取り出したような気がします。そういうことができるのは、里に近いところという感じがするんですが、どうでしょうか?」

「入山前に連れ去られたということかな?」

「そうじゃないかと思います」

牛山の推測どおりだとすると島崎は、去年の七月十日の早朝、自宅を出て間もなく何者かに連れ去られた。たぶん車が使われただろう。連れ去った人間が彼と顔見知りだったとしたら、うまいことをいって車に乗せられるが、そうでなかった場合、複数でないとやれないだろう。

母親の記憶によると、出発前に島崎は、途中まで自分の車で行くか、松本から島々《しましま》まで電車で行くかを迷っているようなことをいっていたという。乗用車で行った場合、沢渡の駐車場へ入れて、あとは上高地までバスかタクシーだ。結局彼は、電車で行くことにした。行方不明直後、母親からこの話をきくまで、島崎が果たして北アルプス南部の山へ登ったかどうかは怪しいものだと救助隊はみていた。北ア北部の山に登ったのか、あるいはべつの山系の山へ登ったことも考えられたからだ。

自宅から遠方の山へ登るのだとしたら、出発直前になって自分の車にしようかどうしようかを迷うはずはない。したがって彼は、北ア南部の山へ登る目的で出発したものと救助隊は判断したのだった。

しかしどの山へ登るつもりだったのかが不明だ。登山者には登山計画書を提出することが義務づけられているが、上高地を経由する夏山登山者の半数以上が、登山計画書を出していないのが実状だ。

昨年七月、救助隊が判断したように、道原も島崎は北ア南部の山へ登るつもりで出発したのだろうと考えたが、牛山の見方が当たっていないとはいいきれなかった。

島崎を殺害した犯人は、遺体を土中に埋めたとしてもいつでも掘り出せる場所にした。だから残雪期のいま掘り出し、足骨だけを送りつけた。

「ぼくは、山だと思います」

伏見が牛山の推測に異論をとなえた。

「なぜだ？」

牛山が伏見のほうへ上体を向けた。

二人は同い歳の二十七だ。巡査拝命も同期である。

「遺骨を送るのをなぜこの時期にしたのかを、おれは考えたんだ」

伏見がいった。

「なぜ五月初旬にしたのかということか?」

牛山はメガネの黒い縁に指を当てた。

「犯人は、遺骨を送るのを、去年の十二月でも今年の一月でもよかったと思う。五月初旬になったのは、開山を待っていたんじゃないか。開山前だと上高地までのバスは運行されていないし、入山するには沢渡でチェックを受ける。自由に山へ入れるのは四月二十七日以降だ。それを待っていたから、いまになったという気がするんだ」

「山中には雪がある」

「犯人には遺体を隠した地点が正確に分かっていたと思うんだ。たとえば立木の枝に自分だけが分かる目印をつけておくとかしてな。……里に遺体を埋めておいたとしたら、送りつけるのはべつの時季にしたような気がするんだ」

道原は二人のやり取りを黙ってきいていた。伏見の見方ももっともだった。

4

小室も、伏見と牛山の会話をしばらくきいていたが、島崎が登ったことのない山へ登ってみたいと増沢に語っていたのを重要視したいといった。

島崎は去年、夏山最盛期の七月になるのを待っていたのではないか。誰でもたまにはなんの束縛も受けず、登りたい山へ登ってみたいという気持ちはあるものだ。相手がいるとそれができない。べつの山に登りたいが、相手の希望を容れ、何度も登ったことのある山にするということもあるだろう。

パーティー登山には危険を回避するという目的もある。単独の場合、もしものことがあっても救助要請が不可能になる。そのかわり自由である。どこで休憩を取ってもよいし、登りたくなくなったら、途中で下ってもよい。コースが岐《わか》れていたら、好きな径をたどることも自由だ。

初心者だと、単独行は暴挙にひとしい。島崎は高校時代から山をやっていた。松本市に住んでいたから登山条件には恵まれていた。だからしょっちゅう山行ができ、山に馴れていた。単独行にも不安はなかった。

したがって、たまには独りで自由な山行を楽しみたいという気になり、親友の増沢にも告げずに出発したのではないか。

「島崎が登りたいといっていた山をさがすことにしますよ」

小室はいった。

山中にはまだ深い残雪があるが、捜索には有利なこともあると彼はいう。有利とはどんなことかと道原がきくと、人が入ればかならず雪面に足跡が残る。もしも足跡が登山道を逸れていたら、それは怪しいとみて追跡する。

「もう雪は降らないから、足跡は消えません」

「そうか。犬を使う手もあるねえ」

「犬は必要です。二、三頭お願いします」

小室はそういって椅子を立った。

牛山はメガネをはずして、ハンカチでレンズを拭《ふ》いた。彼の意見はしりぞけられた恰好《かっこう》になった。

長野県警には、山の遭難や自然災害などの捜索、救難に当たる「災害救助犬」が四頭いる。スイスで特別訓練を受けたシェパードである。人間の数万倍の嗅覚を生かし、山岳遭難や、地震、山崩れなどの現場で生存者の早期発見に活躍しているのだ。すでに二回、雪崩現場で生き埋めになっていた人を発見し救助した。また去年の秋は、行方不明になった登山者を森林の中で発見した。その人は径に迷い、約三十メートルの急斜面を転落して怪我をした。動けなくなり二日間じっとしているところを救助犬に発見されて、一命を取りとめた。

救助犬は、犯人の足跡を追って突きとめる警察犬とは異なり、行方不明の人たちに一直線に向かうように仕込まれている。

小室は、島崎の遺体を捜索する隊員を二十名集めた。山岳遭難救助の経験はないが、登山経験を積んでいる人が七人加わった。

県警本部から救助犬二頭が捜索に参加することになった。

小室の提案で、六百山と三本槍を捜索することにし、五月十二日の早朝出発した。前日、これを知った記者が五人参加した。

六百山も三本槍も、梓川右岸から森林越しに眺められる。鋭く天を衝く岩峰で、動物や鳥類が多く棲息《せいそく》し、これらの保護のために入域禁止区域に指定されている。したがって一般登山コースもない。もし単独で入山し、動けなくなったとしたら助からないし、遺体になっても発見されないだろう。

森林の中の吹き溜《だま》りには雪が三メートルも積もっていて、捜索は難航という現地からの報告が入った。

付近の捜索は三日間で打ち切られた。天候が崩れたし、岩場の捜索は危険がともなうからだった。

結局、島崎の痕跡はなに一つ見つからなかった。

協議の結果、一か月後の六月中旬、霞沢岳を捜索することを決めて、捜索隊は解散した。

一方、刑事課は島崎の身辺を徹底的に洗った。彼が事件に巻き込まれて殺されたのは間違いなしとみたからである。

その捜査で、彼と関係のあった女性が二人、捜査線上に挙がった。一人は松本市内の通称「裏町」と呼ばれている繁華街のスナックに勤めていた三浦喜久子《みうらきくこ》。一人は大学病院の看護婦をしていた丸川亮子《まるかわりょうこ》だった。

喜久子は、島崎が大学病院でインターンのころにスナックに飲みに行って知り合い、男女関係ができた仲だった。彼女は彼と同い歳の三十一で、現在、東京・新宿《しんじゅく》のクラブでホステスとして働いていることを突きとめた。

なぜ彼女に注目したのかというと、彼が一方的に彼女と別れたことから、未練のあった彼女が彼の自宅へ押しかけたこともあったらしい。結局、彼女は彼を諦《あきら》めたようだが、当時は悩んでいたというよりも、彼を相当恨んでいたと、当時喜久子と一緒に働いていた女性からきいたのだった。その人は、島崎が喜久子を何回も、上高地や大町や白馬へ連れて行っていたことを知っていた。

丸川亮子は、島崎が三年前、それまで勤めていた大学病院をやめるころ親しくなったらしいといわれている。彼女は彼の子供を妊娠したという噂《うわさ》が同僚看護婦の間に広がったこともあった。亮子は昨年三月、大学病院をやめ、郷里の飯田《いいだ》市へ帰ったことが確認された。

喜久子と亮子には、道原と伏見が当たることになった。

まず喜久子に会うために、列車で新宿へ向かった。

「島崎潤也の足骨を消防署へ送った人間は、東京に住んでいると思いますか?」

列車の中で伏見がきいた。彼の頭の中からはいつも事件のことが去らないようだった。

伏見は生真面目な青年である。

「なんともいえないな。住所をカムフラージュするために、わざわざ東京へ持って行って送ったことも考えられる」

「中央区《ちゆうおう》のビルの中にある郵便局から発送していますね。その辺に土地カンのある者という気がしますが?」

「それも五分五分じゃないかな。東京のような大都会では、ビルの中に入っている郵便局がたくさんある。犯人は都内ならどこから送り出してもよかったが、中央区の京橋辺りを歩いているうち、ビルの中の郵便局を見つけたということも考えられる」

「住所を中野区にしていましたね。差出人に居住該当はありませんでしたが」

「たまたま知っていた地名や町名を使ったような気がする」

「犯人があの小包に残した痕跡は、指紋と筆跡ですね」

「何人もの指紋がついていて、どれが差出人か特定できない。採取できた指紋には、犯人のが付着していないかもしれない。動かすことのできない証拠は、筆跡だけだ。自分の筆跡を隠すために、文字をつくっているだろうと思う。あの伝票の文字は利《き》き手でないほうで書いたような気もするんだ」

「そうですね。ぼくの友だちには、左右どちらでも字を書けるのがいます。本来は左利きですが、右手で書くことも練習したといって、わりにうまい字を書きますよ」

「どちらの手でも箸を使える人がいるものな」

道原は、「古川敏男」名を使って足骨と赤い靴紐を送った人間は、そう若い人ではないような気がするのだった。それは単なるいたずらでなく、深い恨みのようなものが小包から伝わってきたからである。これは彼の勘《かん》である。だから誰にも話していなかった。

三浦喜久子の住所は、新宿区西落合《にしおちあい》だ。道原と伏見は都営12号線の電車に初めて乗った。

車両は新しく、昼間のせいか乗客はわずかだった。駅の感じもいままで乗った地下鉄とは違っているように見えた。「落合南長崎《みなみながさき》」というきき馴れない名の駅で降りた。

地上へ出るとそこは広い道路だった。住居表示案内板で訪ねる場所を確かめた。

喜久子の住所は駅から五分ほどだった。住宅密集地の中にある小さなマンションだ。その建物はかなり年数を経ていた。

直接本人に会う前に、彼女の生活振りをマンションの家主から聞き込んだ。

彼女がマンションに入居して四年たつことが分かった。独居である。

「水商売だということは分かっていますが、愛想のない人です。たまに道で会うことがありますが、黙ってちょこんと頭を下げるだけです」

家主はいった。

だが他の入居者とのトラブルはないし、家賃を滞納したこともない。迷惑さえかからなければべつにどうということはないと家主はいう。

「どういう店で働いているのか知りませんが、水商売にしてはわりに地味な服装で出掛けます。帰りの時間ですか。私は見たことがありません。たぶん真夜中なんでしょうね」

喜久子の部屋は四階だった。

一階のポストには「三浦」とだけ名札が入っていたが、部屋には表札はなかった。

彼女は部屋にいた。「警察の者です」と伏見がいうと、気味が悪いほどゆっくりドアを開けた。

「なんでしょうか?」

瘦《や》せた顔がきいた。

「島崎潤也さんを知っていますね?」

道原がきくと、彼女は小さくうなずいてから、

「去年の夏、行方不明になったという話をききましたが……」

と、三和土《たたき》に立っていった。

道原は、じっくり話をききたいという顔をつくった。

「上がっていただくところがありませんから、ちょっと待ってください」

彼女はいったんドアを閉めた。

四、五分すると彼女は、クリーム色のシャツにブルーのジーパン姿で出てきた。近くに喫茶店があるのでそこへ行くという。

5

喫茶店の小さなテーブルをはさんで向かい合うと、喜久子はすぐにタバコに火をつけた。あまり白くない肌に荒《すさ》んだ色が浮いているようだった。透明のマニキュアだけがいやに艶《つや》をおびている。髪は不自然な茶色をしていた。

「あなたは、松本の裏町のスナックにいるあいだに、島崎潤也さんと知り合ったんですね？」

松本市内での聞き込みで分かっていたが、道原は確認した。彼女がどういう答え方をするか知りたかった。

喜久子はタバコを指にはさんで、小さくうなずいた。

「島崎さんとは、親しくしていましたね？」

「はい」

「親しくなったのは、いつからですか？」

「わたしが二十四のときです」

彼女と島崎は同い歳だ。

「どういうきっかけで？」

「きっかけ……」

彼女はどう答えたものかを考えるように、眉根を寄せた。

「お店へ飲みにきているうちに、デートに誘われました」

最初は市内で一緒に食事をした。そこで好きだと彼からいわれた。彼女のほうも彼に好感を抱いていたのだという。

二回目のデートの日曜日に、彼の車に乗って長野市のほうへ走った。彼はその前に誰かときたことがあったらしく、わりに大きなラブホテルへの道を知っていた。「そういうところへ入るんなら、ちょっと待ってくれない」と、彼女は抵抗したが、彼はものをいわずにホテルに車を乗り入れた。

抱かれると、彼が好きになった。初めての交歓で男を好きになったのは初めての感情だった。

それ以降、週に一回は彼と会うことになった。彼のほうから彼女の住まいへ電話があるのだった。

「二人の関係は、どのぐらいの間つづきましたか？」

「二十七までの三年間でした」

喜久子は一瞬、下唇を噛《か》んだ。顳顬《こめかみ》が動いたのが見えた。

「話し合って、別れたんですね？」

「彼に、突然、別れてくれっていわれたんです。それも、ホテルの部屋でです」

「二人のあいだが冷えてきているのを、あなたは感じ取っていましたか？」

「いいえ。だって彼は、わたしと結婚したいって、何回もいっていたんですから」

「はずみでいったのでは？」

「スナックで働いてはいましたが、わたしも普通の女です。前から人並みに結婚したいという希望は持っていました。ですから、彼が最初に結婚したいっていったとき、『軽々しくいわないで』ってわたしはいいました。すると彼は、本気だといいました」

「あなたは彼を信頼していましたか？」

「勿論です。信頼できない人と、そんな関係にはなれません」

「彼の本心を何度も確かめたんですね？」

「『本気でいっているのね』と、何回もききました。わたしは結婚を、ダメだったら離婚すればいいというふうに軽く考えたことはありません。引き返せないことと思っていました。ですから慎重でしたし、彼の職業がお医者さん……わたしと知り合ったころは、まだ国家試験に受かってはいませんでしたけど、いずれお医者さんになる人と、ホステスのわたしとでは釣り合いがとれなくて、彼にその気があっても、ご両親が反対すると思いましたから、彼が『結婚』を口にするたびに、彼の顔つきを確かめたものです」

「島崎さんは、真剣でしたか？」

「わたしにはそう見えました。ご両親を説得してみせるといったこともありました。でも、わたしの気持ちのどこかには、彼のいうことを本気できかないほうがいいという思いはありました」

そうは思いながらも、真剣な表情で、「結婚を考えている」といわれていると、もしかしたら一緒に暮らす日が実現しそうな気がするものだった。

島崎とデートするために、喜久子は月に何日か店を休んだ。店のママから、「本気らしいけど、大怪我をしないでね」と、釘《くぎ》を刺されたことは一再でなかった。

島崎との最後のデートは、秋が深まった塩尻峠《しおじり》のホテルでだった。あとから思えば、その日の彼は無口だった。部屋に入ると二人は、いつもの儀式のようにすぐに抱き合った。一時間あまりして、なにか食べに行こうかと、起き上がった。彼は先にシャワーを浴びて戻ると、車を運転するというのに、ビールを飲み始め、目を伏せて別れ話を切り出した。

いつかはこんな日がくるのではないかと、想像したことはあったが、彼女は口を利けなくなったし、立ち上がれなかった。

三十分ほどしてから、彼女は服を着終え、彼を正面から見据えた。「本気でいってるのね?」彼と二人きりのときは吸わないことにしていたタバコを、彼女はバッグから出して火をつけた。

ビールを飲みながらの彼は、「君と結婚したい」といったときよりも真剣さが感じられなかった。

彼は、「君とは結婚できない」というのではなかった。「別れたい」といったのだ。

彼女は理由をきいた。「いくら話しても、両親がいうことをきいてくれない」と彼は答えた。これも想像していたことだった。

いいたくはなかったが、彼女は彼がそれまでいってきたことを覚えているかときいた。

「結婚できなくてもいいから、いままでどおり付合っていて」彼女はそういったのだが、「別れてくれ。頼む」と彼は繰り返した。

彼女の目には彼が急に頼りない卑小な男に映った。同時にこんな男の甘い言葉に酔っていた自分が情けなく、みじめに見えた。

窓辺に立って、青い諏訪《すわ》湖を見下ろした。湖畔を青い列車が走っていた。あの列車に乗って、知る人のいない遠い町へ行ってしまいたかった。

塩尻峠の道はクネクネと曲折していた。松本へ帰るために、彼の運転する車に乗っていたが、ガードレールを突き破って崖《がけ》から転落してもいいと思った。彼は別れ話をしながら、缶ビールを二本飲んでいた。ここで落ちて死ねば、飲酒していたからハンドルを切りそこねたものとみられることは必至だった。だが、彼と一緒に死にたくはなかった。彼だけが死んで自分は生きていたかった。もし死ぬなら、好きな場所を選んで一人でこの世と訣別《けつべつ》したかった。

喜久子はアパートで一人暮らしだった。実家は北信濃《きたしなの》の中野《なかの》市である。高校を卒《お》えると豊科町の会社に就職した。三年勤めて、二十一歳のときから松本市裏町のスナックで働くようになった。

アパートに帰ると、この三年間、島崎に自由に遊ばれ、飽きたから、汚れた人形のように棄《す》てられた気がした。彼のいった、「両親がいうことをきいてくれない」は嘘《うそ》だという気がしはじめた。彼は喜久子のことを両親に一言も話したことがないと思った。ひょっとしたら、好きな女ができたのではないか。それで彼女の存在がわずらわしくなったのではないのか。

そう考えると、怒りの炎がメラメラと燃え上がった。

「あなたは、島崎さんの自宅を訪ね、彼の両親に会いましたね?」

道原はきいた。

「行きました。一晩考えましたが、どうしても胸がおさまらなかったものですから」

「恨みを晴らそうと思ったんですね？」

「彼をうんと困らせたくなりました。わたしが黙って引き退がれば、彼はほっとして、なんの痛みも感じないでしょう。もしもべつに好きな女ができたのだとしたら、わたしに気兼ねなく、わたしにしてきたように、車でどこかへ連れて行って、わたしにいったのと同じことを耳にささやくに違いないと思いました。それを想像すると、わたしは気が狂いそうになりました」

「島崎さんの自宅を訪ねたのは、いつですか？」

「彼から、別れてくれといわれた次の日です」

「誰に会いましたか？」

喜久子は日中、島崎家を訪問した。彼女はこの家を二、三回見ていた。場所は彼にきいていたので、昼間、そっと見に行った。生垣で囲った木造の二階建てだった。息子を医師にするぐらいだから、さぞ資産家だろうと彼女は勝手に考えていたが、その家は平凡な造りだった。二階の窓には布団が干してあった。生垣の中の敷地は近隣の家よりも広くて、庭があり、ゴルフ練習用の緑色のネットがのぞいていた。白い大型犬が寝そべっていた。家構えは平凡だが、平和で余裕のある暮らし向きが庭の雰囲気に出ていた。

彼に初めて、「結婚したい」といわれた次の日も、近くを散歩するふりをしてその家の周りをそっと回ったものだった。

6

晩秋の晴れた日のひる過ぎ、喜久子は島崎家を訪問した。

地味な服装の母親が出てきて、怪訝《けげん》な顔をした。潤也が母親似であるのを知った。

「あなたは、島崎さんのお母さんに、なんといいましたか？」

道原は、またタバコに火をつけた喜久子にきいた。

「名乗りました」

「お母さんは、どんな顔を？」

「どちらの方でしょうときかれました。わたしは、潤也さんと三年間、お付合いしていた者です。ご家族は、わたしのことをご存じのはずですがといいました」

島崎の母親しず子は、あっけにとられたような表情をしたが、背筋を伸ばすようにして、

「潤也からあなたのことはきいていません。あなたはどこに住んでいらして、どういうお仕事をなさっているんですか？」

と立ったまままきいた。

喜久子は、市内裏町のスナックでホステスをしていると話した。

しずず子の顔つきは見る見る変化した。

「潤也が飲みに行く店の方なんですね？」

「それだけではありません」

「なんだか、込み入ったお話がありそうですね？」

しず子は上がり口に膝を突いた。

「潤也さんとは、結婚する約束をしていました」

「そんな……潤也がわたしたちに一言もなく、そんな約束をするはずが……」

「いいえ。潤也さんのほうから、結婚したいといったんです」

しず子は険しい顔になった。その顔が、「うちの息子があなたのような職業の女性と、結婚するわけがない」といっていた。

「潤也はお酒を飲んで、冗談でそんなことをいったんですよ。それをあなたがまともに受けて……」

「潤也さんは、店でそういう話をしたことは一度もありません」

「じゃ、どこで？」

「ホテルです。わたしは彼と一緒に入ったホテルを全部覚えています。彼がどのホテルでなにをいったのかもよく覚えています。彼がわたしと結婚したいといったのは、一回や二回ではありません。ご本人にきいてください」

しず子は険しい表情のまま、潤也の父親を呼ぶといった。

彼女は奥に消えた。夫に電話を掛けるらしかった。

十分ほどして玄関に出てくるとしず子は、

「あなたは一人でこられたの？」

ときいた。

初めどういう意味か分かりかねたが、潤也と肉体関係を持った喜久子が、誰かを伴っていいがかりをつけにきたのではないかと思ったようだった。

「わたしは一人です。わたし自身の問題ですから、誰にも話していません」

しず子は喜久子を部屋に上げた。簡素な応接間だった。

三十分もたったころ、潤也の父親の公雄が車でやってきた。彼が松本市内の自動車販売会社の役員であることを、潤也からきいていた。

公雄の顔は陽焼けしていた。ゴルフをやるらしく左右の手の甲の色が違っていた。

「喜久子さんといいましたね？」

父親は静かな口調で切り出した。彼も喜久子が裏町のどんな店で働いているかをきいた。いかがわしい店を想像したようだった。

「潤也からあなたのことはきいていないが、あなたはご両親に潤也のことを話していますか？」

喜久子は首を横に振った。

「あなたがご両親に、潤也を紹介し、結婚の約束をしたのなら、私たちはあなたのご両親にご挨拶をしなくてはならない。あなたと潤也が好き同士になったという段階なら、私たちはこれから二人の成り行きを見ていましょう。それでいいのでしょ？」

父親はソファに反《そ》ってそういった。

喜久子はしばらく言葉が出なかった。

彼女はきのう塩尻峠のホテルで、潤也からいわれたことを話した。彼から一方的に別れ話を持ち出されたのだといった。それが悔しくて、こうしてやってきたのだと訴えた。

「あなたの気持ちは分かりますが、男にも女にも若いうちはありがちなことです。そういう経験をしたのはあなただけじゃない。恋愛やそれの破局を何度か経験したうえで、夫婦になるものです。あなたにとっては初めてだったからショックだったのでしょうが、あなたの歳ぐらいの人は、同じような経験をしているんです。ただ人に話したり、騒ぎ立てたりしないだけなんです。いまは苦しい、恨めしいと思うでしょうが、そういう痛みは時間が解決してくれます。あまり考え込まず、若いとき誰もがかかる病気だと思って、我慢しなさい」

なんだかうまい言葉で説得されているような気がした。

父親はなおもいった。

「潤也はあなたに、金銭的な迷惑でもかけていますか。そういうことがあったら、遠慮なくいってください」

それ以外にはなんの責任もないと、父親はいっているようだった。

潤也の本心を疑いながら、「君と結婚したい」という言葉に浮かれていた自分が虚《むな》しく思われてきた。彼の言葉にはなんの拘束力もなかった。「好きだ」というよりも、「愛している」というほうがより愛情が強そうだし、「結婚したい」というほうがもっと濃い愛情を感じることだろうと思って、口にしただけだったのか。その言葉を半ば信じていた自分は、父親がいうとおり若いからなのか。

「わたしたちは、週に一度は会っていました。会えばかならずホテルに行きました。二人は結婚して当然な年齢です。『結婚したい』といわれれば、その気になるものです。あなたがおっしゃるように、恋愛と破局を経験した人は大勢いるでしょう。でもわたしは、若いうちに一度はかかる病気だなんて思って、諦めるわけにはいきません」

「どうなさるつもりですか？」

公雄は冷静だった。

「潤也さんと、それから彼にあんなことを何回もいわせる人に育てたあなた方に、手をついて謝っていただきます」

「どこで？」

「それを見てもらいたい人が何人かいます」

「あなたの要求は、それだけですか？」

「それだけです」

「今夜、潤也に、あなたがいったことをききましょう。なにしろ私たちは、あなたのことを爪の先ほども知らなかった。あなたから寝耳に水のように一方的にきかされただけですからね」

「そうしてください」

「で、あなたは、どういう方の前で、潤也や私たちを謝らせたいんですか？」

「わたしの知り合いと、潤也さんの上司に当たる人、それから、たぶん潤也さんには最近好きになった女性がいるでしょう。その人たちの前でです。……ご両親は、わたしのほかに潤也さんとお付合いしている女性をご存じでしたか？」

「そういう人はいないはずです。いや、いません。三年間もお付合いしていたというあなたのことすら知らなかったんですから」

喜久子は公雄としず子の顔を交互に見てから、椅子を立った。夫婦は気の強い嫌な女だと思っただろう。

あれだけ、会いたい、会いたいと電話をよこした島崎だったのに、三、四日電話がなかった。彼は両親から喜久子が訪ねたのをきいたはずである。

島崎からは昼間、電話があった。両親にはたしかに喜久子と付合っていたと話し、謝罪をする気持ちはあるが、上司を伴って行くのは勘弁して欲しいと、気弱そうな声を出した。

「あなたはいつも自分の体面と都合ばかり考えているのね。上司を連れてこれないんなら、いま付合っている女性と一緒にきてくれない」

喜久子はいった。

島崎はそんな人はいないといった。

いなかったら喜久子と別れることはなかったはずである。彼はほんとうに喜久子が好きだったからではなく、週に一度は彼女を抱けるから付合っていたのだろう。恋人というよりも女が欲しかっただけなのだ。彼女に代わる女ができたから別れてくれといったのだ。

喜久子は、「わたしのいうとおりにしてくれなかったら、なにをするか分からないわよ。別れた以上、これまでのわたしじゃないからね」と、声を高くした。

それから四、五日してからだった。見知らぬ男から自宅へ電話がきて、「島崎さんに頼まれた者です。穏便に話をしたいが、お訪ねしていいですか？」といった。

どういう人かと喜久子がきくと、島崎の知人としかいわなかった。弁護士のような揉《も》めごとを法的に解決することのできる人ではなさそうだった。

都合のよいときに電話するから、そちらの連絡先を教えてくれと彼女はいったが、相手は答えなかった。これで、まともな人間でないという察しがついた。彼女は会えないとつっぱねた。

その男からは二、三日後にも電話が入った。訪ねていいかというのだった。喜久子は島崎家の人以外とは会う気がないと断わった。

そのことを店のママに話すと、「あんた、そんなことしてると、顔でも切られるわよ」といわれた。

喜久子はそれきり、島崎に会わないし、彼の家族に連絡もしなかった。

「島崎さんに、なにか仕返ししようという気は起きなかったですか？」

道原はきいた。

「ありましたけど、なにをやったら胸のつかえが下りるか思いつきませんでした」

喜久子は、島崎と別れた年を越すと、すぐに上京して働き口をさがした。水商売以外の職業に就きたかったが、なんの技術もない者を早速採用してくれるところといったら、小規模な商店の店員ぐらいだった。

結局彼女は手っとり早く働ける水商売を選ぶしかなかった。求人広告を見て、新宿・歌《か》舞《ぶ》伎《き》町のクラブへ面接を受けに行くと、その場で、「あしたからでも働いてもらいたい」といわれた。

彼女は松本へ帰ると、スナックをやめ、荷物をまとめた。

「去年の夏、島崎さんが行方不明になったのを、どこで知りましたか？」

「松本のスナックで一緒に働いていた人が、電話で知らせてくれました」

「それをきいて、どう思いましたか？」

「山へ行って一週間もたっているということでしたから、おそらく助からないと思いました」

「あなたは登山をしますか？」

「彼に誘われて、一度だけ登りましたが、それきりです」

「どこへ登りましたか？」

「徳本峠です。そのとき、彼はもっと登りたいようでした。彼にしたらハイキング程度だったでしょうから。でもわたしはそれ以上歩くのは嫌で、二人で上高地へ下りました」

「島崎さんはあなたに恨まれたが、男の人から恨まれていたようすはありませんでしたか?」

それは知らないといって、彼女は首を傾げた。

道原は、島崎潤也と思われる足骨と赤い靴紐が消防署へ送りつけられたことは話さなかった。彼女は、いまも島崎を思い出すことがあり、憎いという感情がくすぶっているとはいったが、彼を殺害するか、少なくとも彼の行方不明に関係はしていないだろうという感触を受け取った。いまになってみれば、憎いというよりも、自分の稚《おさな》さに腹が立つのではないだろうか。

彼女は、彼に棄てられた直後は、彼をとことん困らせてやろうと考えただろうが、話していると根は淡白な性格なようである。棄てた男を何年も恨みつづけて、危害を加えるタイプにはみえなかった。

三章　多情の代償

1

伏見は、東京へ出てきたついでに寄りたいところがあるといった。それは埼玉県狭山《さやま》市にあるH自動車工業の工場だ。その工場に大学時代の同級生が勤務していて、四輪車の性能試験を担当しているという。

「ぼくには去年の十二月四日、北海道へ出張して、まる一日、行方不明になっていた杉村正記という男のことが気になっています」

「それは、おれも同じだ。悪質ないたずら無線で名前を使われた人間だからな。それとH自動車工業がなにか関係がありそうなのか?」

「杉村は、網走とウトロ間で二十数時間も車ごと雪に埋まっていたということでしたが、彼のいうことがほんとうかどうか、自動車の性能に関する本職にきいてみたいことがあるんです。おやじさんは、どこかで休んでいてください。ぼくだけH自動車工業へ行ってきますから」

「おれをのけ者にしないでくれよ。一緒に行っても邪魔にはならないんだろ？」

「邪魔だなんて、とんでもない。参考までにきくだけですから、ぼく一人でいいと思ったんです」

「おれも専門家に話をききたい」

二人は西武《せいぶ》新宿線に乗った。新狭山に着くまで道原は居眠りしていた。けさ早起きしたせいだった。

伏見は以前、この工場を訪れたことがあり、大学の同級生だった社員に工場全域を見学させてもらったという。

道原と伏見の待つ小会議室に現われたのは、神谷《かみや》というメガネを掛けた細面の男だった。

道原は名刺を交換した。

「二人の刑事さんの訪問を受けるなんて、なんだか落着かない気持ちです」

神谷は笑顔でいった。

「そういうものか？」

伏見がきいた。

「誰でもそうだと思うな。ましてや後ろ暗いことをしている人間なら、刑事ときいただけで顔色を変えるんじゃないかな」

「なんとも思わないような顔をしている人間が、けっこういるよ」

「そうか。おれは気が小さいのかな」

「ところで……」

伏見は本題に入った。

十二月四日の午後二時ごろ、北海道の網走とウトロの中間地点を、東京から現地へ行ったある男が乗用車を運転していた。同乗者はいなかった。天候は激しい吹雪で、道路か畑かも分からなかった。走行中、雪の吹きだまりか捨て場と思われるところへ、車は突っ込んで動けなくなってしまった。携帯電話を使用しようとしたが通じない。したがって一一九番通報ができなかった。

このままだと、車内の空気が濁って窒息死するのではないかという恐怖感が湧き、ガラスを下ろして窓から手を出し、雪を押しのけて固め、窓ぎわに空間を作った。反対側も同じようにした。ラジオを掛けたが、雑音しか入らなかった。

時計を見て、まる一日が経過したのを知った。食べる物も飲み物もない。燃料も底をつき、エンジンがとまった。

このままだと発見されないうちに確実に死ぬ。そう思い、窓から上体を出し、雪洞の空間を広げていき、やがて雪の天井《てんじょう》に穴が明いて、脱出に成功した――

この話のどこかに矛盾はないかと、伏見は神谷にきいた。

「矛盾どころか、そんなことはあり得ないよ」

神谷は笑った。

「どうして?」

「車が積もっている雪の中に頭から突っ込み、車両全体が雪に埋まったとする。そういう状態になったら、車内の人間より先に車が窒息状態になってしまう。つまり空気を吸えないし、マフラーも埋まって排気ができない。水中と違って多少の空間はあるだろうが、まあ二十分もしたら、エンジンはとまってしまうよ」

「そうか。呼吸ができないのと同じか」

「マフラーだけが出ていたとしても、新しい空気を取り入れることができないから、エンジンが動いているのは、せいぜいもって二時間だろうね。エンジンが停止すれば、空調も利《き》かなくなる。エンジンキーをオンにしておけば窓のガラスの上げ下げはできるけどね」

「じゃ、燃料がなくなって、エンジンがとまるまでのまる一日、車内にいたというのは嘘《うそ》だな？」

「車内にいれば、凍死はまぬがれるかもしれないが、かなりの寒さだろうね。フロントから雪に突っ込んだ場合、たいていの人はすぐにリアウインドを叩き破って脱出するだろうね。後部からのほうが雪の量が少ないにきまっているからだ。……とにかく、燃料が切れるまで雪に埋まった車の中にいたという話は信じられないよ」

「携帯電話が通じなかったというのは？」

「それは考えられる。深い雪の中に突っ込んでしまったとしたらね。雪が激しく降る程度では使用不能になることはないよ」

「その男は、まる一日、車内に閉じ込められていたといっているんだが、どういうことが考えられる？」

「燃料が切れるまで車内にいたとしたら、積もった雪の中へ突っ込んだのではない。雪は降っていただろうが、エンジンが正常に作動している条件の場所にいたのは確かだよ」

「窓から脱出したといっているんだから、車は確実に雪に埋まっていたんだ。あとでそれを見たし、掘り出した人がいるはずだから間違いない」

「その人は、なぜそんなでたらめをいうのか分からないけど、エンジンが正常に作動する条件下にいて、燃料がなくなる直前あたりに、車を雪の吹きだまりか、捨て場へ突っ込んだんじゃないだろうか？」

「雪に突っ込んだら、窓から脱出しなくちゃならない。もしも脱出できなかったとしたら、生命にかかわる。そんな危険をおかすだろうか？」

伏見は神谷の顔を見て首を傾《かし》げた。

「その人は、どうしても、まる一日雪に埋まった車の中にいたことにしなくてはならないことがあったんだろうね。あらかじめ、雪に突っ込む場所を決めておいて、ここなら窓から脱出できる自信があるという場所を選んだと思うな。突っ込んでも脱出できるかどうか分からなかったら、そんな冒険はしないと思う」

神谷の話は参考になった。

いわれてみれば、雪にすっぽり埋まった車のエンジンが、燃料切れになるまで動いていたという話はおかしいのだった。

それに杉村はまる一日たってから脱出している。脱出できたのだから、それをもっと早くやりそうなものだった。

彼が雪に埋まっている間に、北アルプスの槍沢からというＳＯＳ無線を、明科町と豊科町のアマチュア無線家が傍受した。発信者が杉村正記だった。北海道の網走に近いところにいた彼が、そんな無線を発信できるわけがない。

杉村の名を使っていたずらをした人間は、確実に杉村を知っている。槍沢で雪崩が起き、パーティーが巻き込まれたといって、救助隊を出動させて危険な目に遭わせ、かつ杉村を困らせてやろうという人間がこの世にいるのだ。当の杉村はそんなことをする人間に心当たりはないといっているが、これも偽りではないか。とにかく彼の背景には暗い影がある。

2

新宿に着いたときには夕方になった。伏見が大手町の菱友物産に電話し、杉村正記を呼んだ。彼は出張で、本社にいないかもしれないからだった。

杉村が電話に出た。伏見は、これから会いに行くが待っていてもらえないかと、やや強い調子で告げた。

「杉村は、素直に応じたか？」

道原はきいた。

「ちょっと考えているようでしたが……」

杉村にとって二人の刑事は会いたくない人間なのだろう。

刑事は人から歓迎されないことに馴れている。相手の都合を考えて遠慮していたら捜査にならない。

杉村は前回同様、皇居の濠《ほり》と緑の森の見える応接室に、二人の刑事を案内した。彼は浮かない顔をしていた。刑事があらためて訪ねてきた。なにをきかれるかと不安を抱えているに違いない。

道原が質問することにした。

「杉村さん。去年の十二月四日の出来事を、もう一度、詳《くわ》しく話してくれませんか?」

「もう一度……。なぜでしょうか?」

「あなたの話が、私たちの捜査には重要なんです」

「何回お話ししても同じだと思いますが」

「話してください」

道原は腕組みした。

杉村は、しかたなさそうに網走出張所から乗用車でウトロの近くへ向かったこと。激しい吹雪の中を帰りかけたが、雪の吹きだまりか捨て場へ突っ込み、動けなくなったこと。翌五日に車から脱出し、たまたま通りかかった車に救助を求めて病院へ収容されたことを話した。それは、十二月五日に電話できいたことと、道原たちが上京し、彼をここへ訪問してきいたことと寸分も違いはなかった。

彼はこれと同じことを何人かに語ったことだろう。だから話が整理され、前回よりも無駄がなく短い感じがした。

きき終えると道原は、腕組みを解き、杉村の顔をにらんだ。

「あなたはその筋書きをいつ考えましたか?」

「筋書き……。事実をお話ししただけです」

「事実でないことが分かったので、こうして訪ねることになったんです。一度でも車ごと積もった雪に突っ込んだ経験があったら、そんな筋書きは作れないはずです。雪に突っ込んだら、たぶん車はこんなだろうという想像で話を作った。だから嘘がバレるんです」

「想像でも嘘でもありません。私が運転していた車は、高く積もった雪の中から、何人かの手で引き出されたんです」

現場を見た証人がいるというのだろう。

「雪に突っ込んだ直後、間もなくエンジンがとまることを考えなかったんですか?」

「考えました。ですから窓を下ろし……」

「それは、密閉された車内の換気を心配したからでしょ。あなたは、車の前後がふさがれた場合、新しい空気を取り込めないし、排気もできなくなる、つまり密室状態になって、何時間もエンジンが動いているわけがないことに気がつかなかった。燃料がなくなるまでのまる一日間、車内にいたという話は、まったくでたらめです。あなたは閉じ込められてから約二十四時間後に、運転席の窓から脱出したといった。フロントから突っ込んだのだから、リアウインドのほうが脱出しやすいじゃないですか」

「窓ガラスを叩き割らなきゃなりません」

「命にかかわることですから、叩き割ればよかったじゃないですか」

「ガラスを割ることのできるような物が、車内になかったんです」

「もし誰かにきかれたら、そういおうと考えていた回答でしょう。……あなたが積もった雪に車を突っ込んだのは、十二月五日の午後だった。いかにもまる一日、密閉された車内にいたというふりをして車から出てきて、救助を求めた。そうですね？」

「いいえ。刑事さんのほうこそ、想像でおっしゃっています。私は事実を話しているだけで、作り話などではありません」

「あなたが約二十四時間、車の中にいたのだとしたら、それは積もった雪の中ではない。……あなたには、まる一日、雪に埋まっていたといわなくてはならない理由があった。それはなんですか？」

「そんな理由などありません」

「あなたが高く積もった雪に車を突っ込む瞬間も、まる一日、車内にいたのを見た人もいない。だから作り話を主張していられる。あくまでもその理由を隠そうとするなら、私たちはあなたの身辺を調べなくてはならない。それでもいいですか？」

「犯罪に関係していない者の身辺も調べるんですか。それは行き過ぎだと思いますが」

「あなたが隠しごとをしているとみたからです。あなたは、北アルプスの槍沢で雪崩に巻き込まれて遭難したという、いたずら無線を発信した人間に、氏名と住所を使われた人なんです。それをした人間の見当がつきましたか？」

「いいえ」

「誰なのかを、考えてみたんでしょうね？」

「いつも考えています。思い当たる者がいません」

「私たちは、SOS無線の発信者は、あなたの知り合いの中にいるとみています。考えるだけでなく、無線機を持っているか、あるいはかつてアマチュア無線をやっていたことがあるかを、友だちにきいてみましたか？」

「そこまでは……」

「自分でやれないのなら、知友のリストを出してくれませんか。確認はこちらでやりますから」

「考えておきます。刑事さん。人の名や住所というのは、たとえばなにかの名簿や、あるいは近所に住んでいて、知ることができますね」

「たしかに。そういう人が、悪用したことも考えられます。だが、いたずら無線を発信した人間には、救助隊を吹雪の山へ登らせたいという意図があったことは事実です。出動した救助隊員を二重遭難させる狙いがあったとも考えられます。そういう行為に実在する人の名を使ったという点を、私たちは重視しているんです。あなたはその人間から深い恨みをかっているのかもしれない。その人間が次の手に出ることも想定しておかなくてはならない。その前に挙げないと、大変なことになるということを、胆《きも》に銘《めい》じておいてください」

杉村は首を動かした。顔色は蒼《あお》ざめている。だが、十二月四日からまる一日、積もった雪に車を突っ込んでいたというのは、作りごとだったとはいわなかった。

杉村は勤務中の一日を自分のものにしたかった。それには冬の北海道の気象条件を利用するのが一番だと考えついて実行した。その日と、いたずら無線が発信された日が同じだった。彼のアリバイ工作といたずら無線は、いったいどう関係しているのだろうか。

道原は四賀課長に、杉村正記の身辺をあらためて内偵するべきかどうかを伺った。

課長はその捜査には慎重だった。杉村が北海道で雪の山に閉じ込められたのが嘘だったとしても、犯罪に関係しているという証拠がない。そういう人間の身辺を洗う行為は、人権問題だというのだった。

道原と伏見には会いたい人がいた。島崎潤也とかつて恋人同士だったという丸川亮子である。

彼女は、松本市のS大学医学部付属病院に去年三月まで看護婦として勤務していた。島崎と親密であり、彼の子供を妊娠したという噂《うわさ》も立ち、それを気にしてか病院を退職して、郷里の飯田市へ帰ったという。

彼女が郷里に帰ったのは去年の三月だったから、島崎とは別れたことになる。二人のあいだになにが起こって別れたのか、それを知っておく必要があった。

道原と伏見は、あすの捜査にそなえて夜の列車で諏訪まで行き、そこで泊まることにした。

上諏訪駅を降りたのは夜十時を過ぎていた。

駅前は暗く、人影もまばらである。タクシーがいまの列車を降りた人たちを乗せて走り去ると、広場は閑散とした雰囲気になった。

伏見は腕に掛けていた上着に袖を通した。五月半《なか》ばだというのに風が冷たかった。

前に泊まったことのあるビジネスホテルへ歩いて行った。

「おやじさんは、ご実家へ寄らなくていいんですか？」

伏見がきいた。

「寄っても、べつに話すことがない」

道原は諏訪市の生まれである。この市にある県立高校を出て警察官試験を受けたのだ。市内には幼なじみが何人もいる。家業の農業を継いでいる人も、精密機械工場を始めて、社長におさまっている人もいる。彼の兄弟は実家にいる兄だけだ。自分たちが食べる分ぐらいの米や野菜のとれる耕地があるが、兄は現在市内の製材所に勤めている。道原は年に一度は兄夫婦に会いに寄り、両親の墓に参っている。

ビジネスホテルの部屋に荷物を置くと、近くの飲み屋へ伏見を誘った。

夫婦だけでやっている小さなスナックだ。

「いやあ、伝《でん》さん、珍しいね。お久しぶりです」

カウンターの中からマスターがいった。道原より一つ上である。

客は一人もいなかった。

「諏訪署へ還《かえ》ってきたんですか?」

マスターは注文をきかないうちに、ビールを一本カウンターに置いた。

「豊科にいる。出張できたもんだからね」

カーテンの奥から細君が顔を出した。

「三年ぶりぐらいじゃないかしら」

細君はいった。若いときは美人ママでとおっていたが、四十の角を曲がって、目尻にも口の周りにも皺《しわ》が目立つようになっている。

四人はマスターのおごりのビールで乾杯したあと、道原は日本酒をもらった。

「伝さんの好きな芋《いも》ガラがありますよ」

細君は甘く煮たズイキを小皿に盛って出した。

それを伏見もうまいといって食べた。マスターの話によると、諏訪も不景気で、今夜も客は一組きただけだったし、週に一日はお茶を挽《ひ》くという。

「そういえば先週、伝さんと高校で同級生だった、菅沼《すがぬま》さんがひょっこり寄りました」

「菅沼が。何年か前、彼は会社を潰《つぶ》して、家族と一緒に行方不明になったという話をきいたが……」

菅沼は三年ほど前まで、従業員を三、四十人使う機械工場を経営していたが、不況の影響を受けてか業績が傾いて倒産した。五、六人の従業員が残って細々と工場をやっていたのだが、ある夜、社長の彼は、妻と二人の子供を乗用車に乗せて出て行ったきり、消息が分からなくなった。工場の事務室には、従業員に宛《あ》てた置き手紙があり、何年間も資金繰りに奔走《ほんそう》するだけの経営に疲れたと書いてあったという。

諏訪には、兄と妹が世帯を持っていたが、菅沼の行方は分からないということだった。

道原は菅沼と、この店で何度も会っていた。彼と飲んだころは業績が安定していたのだろう。彼から経営が苦しいという話は一度もきいた記憶がない。

「家も工場も棄《す》てて、菅沼はどこへ行っていたんだろう?」

「静岡《しずおか》にいるといっていましたけど、ほんとうかどうか?」

「服装や顔つきは、どんなふうだった?」

「古くなったスーツを着ていましたが、顔はやつれていて、痩《や》せていました。それに真っ黒に陽焼けしていました」

「土木作業でもしているんじゃないだろうか?」

「そんな感じでした。なんだか気の毒で、詳しくきく気にはなれませんでした」

「丈夫でいるのはなによりだが、家族とは一緒に暮らしているんだろうか?」

「奥さんと上の娘さんは、働いているといっていました」

子供は二人とも女だった。下の子は高校生のはずだ。

「諏訪へはなにしにきたのかな?」

「兄さんが日赤病院へ入院しているそうです。だいぶ悪いようですよ」

それで見舞いにきたのか。

菅沼の行方を追っている債権者がいるはずだ。身内に近づいたりすると、そういう人に見つかる可能性がある。それを承知で見舞いにきたということは、兄の病状が思わしくないのだろう。

「ここへ寄るのも危いのに」

道原はいった。

債権者は菅沼がよくこの店で飲んでいたのを知っている。

「兄さんを見舞いにきたということは、身内とは連絡を取り合っていたんだね」

「そういうことです。昔、菅沼さんといったら、知らない人がいないぐらいの資産家だったのに」

細君が低い声でいった。

諏訪や岡谷《おかや》の製糸工場が盛んなころ、菅沼家は製糸機械の製作と修理をしていた。製糸業の衰退とともに菅沼家は没落した。業種転換をはかるのが遅れたためといわれていた。

「諏訪にも、いい話はないねえ」

道原は回転椅子《いす》を立った。十一時半を回っていた。

3

上諏訪から飯田までは、約二時間半を要した。各駅停車だった。駅の数は四十あまりある。

右側に残雪の中央アルプスを見、左側に天竜川《てんりゅう》を越えて南アルプスの峰々が連なっていた。のどかな田園風景と稜線《りょうせん》の白い山脈を眺めているうちに、道原も伏見も眠ってしまった。

丸川亮子の出身地は市町村合併で飯田市になったところだが、彼女は実家にいるのではなかった。実家とは何キロも離れた郊外のアパートが現住所だった。市内の病院に看護婦として勤めていることも分かった。

亮子は夜勤明けで寝《やす》んでいた。はれぼったい眼をしてドアを開けた彼女は、突然の刑事の訪問に表情を変えた。

「すみませんが、着替えますので、しばらく待ってください」

彼女はそういうと、茶色に塗ったドアを閉めた。三十歳だが独身だということも分かっている。

きのう訪ねた三浦喜久子と同じで、外で会うというのではないかと思っていたら、

「どうぞ。せまいところですが」

といって、部屋の中へ招いた。

そこに寝ていたらしい和室の中央に、小振りの座卓があり、座布団を置いていた。

面長な彼女は色白だった。まったく化粧していない彼女は、喜久子よりも器量よしだ。あわててまとめたらしい髪は後ろで結ばれていたが、耳にも頬《ほお》にも何本かがほつれていた。実際の年齢よりいくつか若く見えた。

室内は簡素である。三畳ほどの板の間に、これも小さなテーブルがあって、椅子が二つ向き合っていた。

彼女は湯を沸かした。道原は後ろから彼女の後ろ姿を観察した。背丈は一六〇センチあまりあるだろう。いくぶん肉づきはよさそうだ。

お茶を出してすわった彼女に道原は、

「島崎潤也さんを知っていますね?」

ときいた。

彼女は、やや上目使いに二人の刑事を見てから、「はい」と小さな声で答えた。

親しくしていたかときくと、それにも同じようなうなずき方をした。

「親しくしていたのは、どのぐらいのあいだですか?」

「三年間ぐらいです」

道原はノートを開いた。そこには島崎が三浦喜久子と交際していた期間が書いてある。それといま亮子が答えた期間を重ねてみると、島崎は同時に二人の女性と付合っていた期間があったことが分かった。

喜久子は、島崎から別れ話をいい出されたとき、彼に新しい女性ができたのを感じ取ったといっていた。彼女のその勘《かん》は当たっていたのだ。

「あなたは、去年の三月、松本の大学病院を退職して飯田へこられた。島崎さんとはそのときに別れたと解釈していいですか?」

「はい。彼と別れることになったものですから、大学病院をやめました」

「島崎さんと別れたのは、どうしてですか?」

「彼が、別れたいといったからです」

「なぜですか?」

「理由は話してくれませんでした」

島崎と亮子はいつものように豊科町のレストランで会った。二人は休みの日を連絡し合っては、昼間か夕方会うことにしていた。

その日は、食事がすんでも彼は椅子を立たなかった。それまでの二人は、食事や喫茶がすむと彼の車でホテルへ行くことにしていたのだった。

彼は食後なのに、珍しくワインを注文した。表情がそれまでとは違っていた。

「お酒をそんなに飲んで、大丈夫なの?」

彼女は車の運転を心配してきいた。もし彼が酔ったとしたら自分がハンドルを握ればよいと考えていた。

「じつは……」と、彼は目を伏せて切り出した。彼女の胸に不吉な予感がはしった。

「こうやって会うの、きょうで終りにしようよ」

彼はいった。

「なぜ?」彼女はきいたが、ついに破局が訪れたのを知った。彼の気持ちや、別れの理由を詳しくききたかったが、先に涙が出て、彼の顔がかすんだ。

何日か後に、気持ちをととのえて理由をきくことにし、彼女は彼を店に残して帰った。めったにタクシーになど乗ったことがなかったが、そのときだけは、列車やバスに乗る気になれなかった。タクシーの中でも涙がとまらなく、何度も降りようと思った。運転手は、ときどきバックミラーで彼女のようすを見ていた。

その後、彼からは電話がこなかった。一週間後、彼の勤務先の依田病院へ電話した。彼は回診中ということで電話に出なかった。彼女は名前を告げておいた。

彼から住まいに電話がきたのは、三、四日してからだった。

「もう会わないほうがいい。会っても、うまく話せないような気がするから」

それが彼の最後の言葉だった――

「あなたは、彼を諦《あきら》めたんですね？」

「仕方ありませんから」

「島崎さんとは結婚の約束はしなかったんですか？」

「わたしからいったことはありません」

「彼は、結婚したいといいましたか？」

「わたしとの結婚を考えているといったことが、二回ありました」

「あなたは、どう思いましたか？」

「本気なら、嬉《うれ》しいと思いました。でも期待はしませんでした。当てにしていたら、もしそうでなくなったとき、裏切られたと悔しがると思ったからです」

「ある人から、あなたが妊娠したという話をききましたが？」

「はい。同僚の何人かに知られてしまいました」

「島崎さんには話しましたか？」

「いまはまずいといわれました」

「ショックを受けたでしょうね？」

「そういわれて、彼の本心を知りました。彼にはわたしと結婚する意思がないのだと。私が妊娠したといってから、彼は結婚を一度も口にしなくなりました。わたしは、いずれ別れるときがくると覚悟していましたが、いわれてみるとやはり悔しくて、哀しかったです」

そういって彼女は顔を伏せ、ほつれ毛を耳の上に掻《か》き上げた。

「島崎さんは、去年の七月、単独で山登りに出掛けたきり、消息が分からなくなりました。それをあなたは、いつ知りましたか？」

「新聞で見ました。行方不明になって、四、五日してから新聞に載ったようでした」

「島崎さんは生存していないと思います。たぶん山の中で亡くなったのでしょう」

「遭難したんですね」

「私たちは、島崎さんが事件に巻き込まれたものとみているんです」

「事件に……」

「殺害されたのではないかという疑いを持っているんです」

「どうしてでしょうか？」

亮子は伏せていた顔を上げた。

道原は二分ばかり黙っていたが、じつは最近、島崎と思われる足骨《そっこつ》が郵送されてきたのだと話した。

彼女は眉《まゆ》をしかめた。

送られてきた足骨には、赤い靴紐《くつひも》が添えられていたことも話して、彼女の反応を窺《うかが》った。

彼女は看護婦であるから、遺体や血を見たり想像しても、震えたり気味悪がったりはしないはずだ。だが、かつての恋人が足を切られたり、切られた足の骨を何者かが送り届けたときいて、怯《おび》える表情をした。

「彼の足骨は、お宅へ送られてきたんですか?」

「それが妙なところへです」

「妙な、とおっしゃいますと?」

彼女は、道原と伏見の顔にきいた。

「豊科町の消防署へです」

「えっ……」

彼女は手を口に当てた。

「島崎さんは、誰かから恨まれていたとも考えられます。彼の登山を利用して殺した人間がいるように思われます」

「刑事さんは、わたしを疑ってお見えになったんですか？」

亮子の目つきが変化した。

「あなたが彼に殺意を持ったとしても、不思議ではないからです」

「わたしはたしかに彼を恨みました。彼とわたしの関係を知っている同僚は何人もいましたし、わたしが身ごもったことも知られました。堕《お》ろしたこともです。彼と別れたため、わたしは大学病院をやめなくてはならなくなりました。彼とわたしの関係は、一部の同僚から妬《ねた》まれていました。彼に棄てられたことが知られたら笑い者です。ですから別れたことが知られないうちに退職したんです。退職したために同僚は、わたしが彼に棄てられたことを知ったと思います。もし彼がわたし以外の女性と結婚したらと考えたら、とてもあの病院に勤めてはいられませんでした。……じつは、去年の夏、彼が行方不明になったことを知ったとき、こんなことが訪れるなら、退職することはなかったのにと悔みました」

「率直にききますが、あなたは、彼の行方不明と、今度の事件、足骨が郵送されてきた事件です。それに関係はしていないでしょうね？」

「わたしは医療機関に勤めている人間です。患者さんが一日も早く元気になるために働いている者です。どんなに悔しい思いをしたとしても、人の生命を奪うようなことはしません。島崎さんに飽きられたのは、わたしのほうに、彼にずっと愛してもらえない欠陥があったのだと思って、諦めることにしたんです」

もの分かりのよい女性のようだが、こういうことをいえるようになるまでには、かなりの月日が要ったことだろうと道原は思い、あらためて彼女の顔に注目した。

4

道原は亮子に、山登りの経験はあるかときいた。

看護学校に在学中、登山をしている同級生がいて、その人をリーダーにして蝶《ちょう》ヶ岳へ登った。だがつづけて登りたいという気が起こらなかったが、島崎と親しくなり、彼から山の話をきいているうち、一緒に登りたくなった。

登山は一回しか経験がないが、初心者でも登れる山へ連れて行ってくださいというと、彼はスケジュールを合わせようと、目を輝かせた。彼女は彼の山好きを知り、山をやる人に悪い人はいないという話を思い出した。

彼は彼女の体力に合いそうな山を選び、コースの状態を熱心に話してくれた。

かつて同級生にリードされて登ったときの山靴やザックが役立った。

島崎と最初に登ったのは西穂高の独標《どっぴょう》だった。上高地から登った。田代《たしろ》橋から約三時間半かけて西穂山荘前に登り着いた。途中彼は、「靴ズレはしていないか」「足は痛まないか」「無理だと思ったらいつでも引き返すから、ぼくに気は遣うな」と声を掛けた。そのたびに彼女は彼の腕を摑《つか》んで、嬉しさを表わした。

それは七月の初めで、登山には絶好の薄曇りの日だった。休むと、顔に流れる汗が冷えて快かった。彼と知り合えたことに無上の喜びを感じていた。

昭和四十二年（一九六七）八月、松本深志《ふかし》高校の生徒が落雷に遭って、十一名が命を落としたのがこの山であったのを、彼からきいた。彼女が生まれる一年前のことだった。

独標の下りにかかったとき、遠雷をきいて彼女は顔色を変えた。島崎は空を仰いで、「きょうは、こっちのほうには雨も降らないよ」といった。山に通じている彼が頼もしかった。

彼との二回目の登山はその年の九月で、燕《つばくろ》岳だった。中房温泉から登った。前回の登山よりも行程は長くて苦しかった。このときも彼は彼女を振り返ってはいたわってくれた。

白い巨岩がゴロゴロしている不気味な山頂から、彼は四方に見える山の名を教えてくれた。なかでも槍ヶ岳は圧巻だった。

「今度は槍へ登ろう。ここへ登れたんだから、大丈夫だよ」といった。

登降は苦しいが、彼の優しさが嬉しくて、何度も一緒に登りたいと思った。

翌年は、立山《たてやま》と白馬岳へ案内された。白馬の大雪渓で彼女は初めてアイゼンを着けた。彼が松本の登山用具店で買ってくれた物だった。これを彼は彼女の足首を押えてバンドを締めた。彼女は、自分の靴やアイゼンよりも、こごんだ彼の頭をじっと見つめていた。このとき、もしも彼と一緒に暮らすことができたら、人生のどんな難所にかかっても彼は優しく安全な径《みち》へ導いてくれるだろうと思い、彼の両肩を爪跡がつくほど強く摑んだ。

彼との山行はそれで終った。彼は登山をつづけていた。友人と行くこともあり、単独のこともあったが、彼女を連れて行こうとはしなくなった――

「島崎さんと四回も山登りをしたのなら、あなたには彼が行方不明になった山の見当がつきそうな気がしますが？」

道原は、涙ぐんで話した亮子にきいた。

「彼は北アルプスで登っていない山があるといっていました。そのどれかではないでしょうか」

彼女は目頭に指を当てた。

島崎の友人であり山仲間だった増沢の話によると、北アルプスで彼の未踏峰は朝日岳、餓鬼岳、六百山、三本槍、そして霞沢岳だったという。

道原がその山名をいうと亮子は、どの山の名も島崎にきいたことがあったといった。だが彼の最後の山行がどの山かの見当はつかないようだった。

道原は、六月中旬になったら、島崎の遺体の捜索を再開するといった。発見されれば、彼の右足首から下はなくなっているはずだ。

道原と伏見は豊科署に帰り、かつて島崎と関係のあった二人の女性に会った感触を四賀課長に報告した。

「伝さんと伏見は、三浦喜久子と丸川亮子は、島崎の行方不明と、足骨が送られてきた事件とは無関係とみたんだね？」

「二人とも、島崎に連れられて山に登っていることを考えると、完全に無関係とはいいきれませんが、殺害にはかかわっていないと思います」

道原はいった。

豊科署では、豊科消防署の全署員から、島崎潤也を知っていたかを聴取した。が、彼を知っていると答えた人はいなかった。したがって、犯人がなぜ島崎の足骨と山靴の紐を、消防署に送りつけたのか、その動機を推し測ることすらできなかった。

道原と伏見は、島崎家へ出向いた。

きょうは母親のしず子だけがいて、庭の日向《ひなた》に小鳥の籠《かご》を出して掃除していた。彼女の脇では白い大型犬が舌を出していた。

彼女は芝生の上の鉄製の椅子を二人にすすめた。

東京で三浦喜久子に、飯田で丸川亮子に会ってきたことを道原は話した。

「丸川さんという人は知りません」

しず子は顔を上げた。

「去年の三月までの約三年間、潤也さんとお付合いしていた女性です。S大学病院の看護婦さんでした」

「一度もきいたことのないお名前です。三浦さんは、潤也やわたしたちのことをずいぶん恨んでいたようですが、丸川さんという人はどうなんでしょうか？」

「潤也さんから突然、別れてくれといわれ、それは悔しい思いをしたようです」

「あの子ったら、わたしたちに一言もいわないで……」

「去年の三月の時点で、潤也さんには、婚約をした女性でもいましたか？」

「さあ。きいていません。あの子は、お付合いしている人のことを、わたしたちには少しも話してくれませんでした。ですから、三浦さんのように……」

押しかけてこられて、うろたえたのだといいたかったのだろう。

「去年の三月の時点で、潤也さんには丸川さんのほかに好きな女性がいたんじゃないでしょうか。でなかったら、丸川さんに対して急に別れ話を持ち出すことはなかったような気がしますが」

「わたしたちの知るかぎりでは、そういう人はいませんでした。お見合いをしたこともありませんし」

両親や姉が知らなかっただけだろう。

島崎の亮子との別れ方は、喜久子の場合とよく似ていた。女性のほうが彼の愛情を感じなくなっていた折に、彼から別れ話を持ち出したのでなく、彼は一方的に話を切り出したようである。あとになって思い返してみれば、別れの予感はあったはずだ。だが彼がそれを気取られないようにしていたのか、女性のほうはいつもどおりに彼とのデートを楽しむつもりでいたところへ、唐突に彼が、「別れたい」といったようだ。

喜久子とのときは、ホテルでからだを結んだあとに、彼が別れ話を切り出したのだという。

島崎の両親は、息子の結婚対象には関心はあっても、どういう女性と交際しているかについては、本人に踏み込んできいたことがないのだろう。

しず子には、公雄以外の男性との恋愛経験がないのだろうか。好きだった男性との別れがどんなに辛いものなのかが分からないのか。恋愛の破局とは、小説かドラマの世界だけのもので、創りごとと思っているのかもしれない。

刑事は事件関係者に私情を差しはさんではならないことを承知しているが、しず子と会っていると、潤也に棄てられた喜久子と亮子の肩を持ってやりたくなった。

しず子のような女性には、喜久子や亮子の哀しさや悔しさは理解できないだろう。理解できたとしたら、彼女らのところへ駆けつけ、息子があまりにも身勝手だったと、頭を下げていただろう。

しず子は喜久子が、スナックのホステスだったことを見下し、質《たち》のよくない女と受け取ったようだ。被害者はむしろ潤也のほうだとみたのではないか。だから潤也は、亮子とも同じような別れ方をした。飽きたら別れるだけで、相手の傷口に手当てが必要だと考えたこともないのではないか。別れのときが訪れても、彼のほうには罪意識はなかったことだろう。だから、彼女と食事をしたあと、少しばかりいいにくそうに、酒を飲みながら別れを告げることができたのだ。

道原は、島崎潤也の医師という職業を考えずにはいられなかった。

5

島崎が勤務していた依田病院を訪問した。事務局へ入って、島崎をよく知っていた人に会いたいというと、総務部長の肩書きの名刺を持った五十代の男が、応接室へ案内した。

「島崎先生の消息でなにか？」

総務部長は急《せ》き込むようにきいた。

「依然として不明です」

道原が答えると、刑事が二人、なんの用事できたのかと肚《はら》をさぐるような目つきをした。

島崎は殺害された疑いが持てると道原がいうと、総務部長は目を丸くした。

怨恨の線が考えられるが、心当たりはないかときいた。

総務部長は首を横に強く振り、殺されたらしいという根拠はなにかと緊張した表情できいた。

道原は、マスコミが発表していないことだがと前置きして、島崎のものと思われる足骨が豊科消防署へ送りつけられたことを話した。

「なぜ、消防署なんでしょうか？」

「それが分かりません。これまでの捜査では、島崎さんと消防署は結びつかないんです」

「消防署は救急患者を扱いますから、医療機関とは関係がありますが、私どもの病院は救急患者を受け入れておりません。島崎先生が個人的に豊科消防署となにか縁があったのでしょうか？」

総務部長は首を傾げた。

「島崎さんは、三年前に大学病院からこちらに移ったそうですが、その経緯《いきさつ》はなんでしょうか？」

「当院の院長と島崎先生のお父さんがお友だちなんです。院長がお父さんに話を持ちかけたのがきっかけと伺っております。院長はS大学出身で、大学病院に勤めていたこともございます。それで大学の教授とも話し合い、島崎先生にはあちらを円満にやめていただいたわけです」

島崎は依田病院では最年少の医師だという。

道原は総務部長に断わって、医師や看護婦長や看護婦に会った。その聞き込み中、島崎が入院患者の妻と親しくしていたという話を、一人の看護婦からきいた。

かつて入院していたのは最上茂《もがみしげる》、四十三歳。その妻は霜子《しもこ》といって三十四歳。この夫婦には子供がいないという。住所は松本市和田《わだ》であることも確認した。

最上茂が依田病院に入院していたのは、一昨年の夏の約二週間と昨年の一月から二月にわたる一か月間だった。彼に付添っていた妻と島崎医師が親しくなったことは看護婦の何人かの知るところとなった。

道原は伏見の運転する車で、最上の自宅の近くへ行った。木造二階建ての小ぢんまりした住まいと平屋の工場が鉤《かぎ》の手に建っていた。最上は小規模な機械工場の経営者だった。

その自宅と工場を見て道原は、諏訪市でかつて機械工場を経営していたが、事業不振に陥って倒産し、家族とともに夜逃げした菅沼を思い出した。彼がやっていた工場に「最上製作所」と書かれた建物が似ていたからだ。

その工場からは機械の回る音と金属を叩くような音がしていた。外出から戻ったらしい社名入りの小型トラックがとまり、若い男が降りた。

道原は近所の家で聞き込むことにした。

最上の自宅の裏側に当たる民家を訪ねると、前掛けをした四十歳見当の主婦が出てきた。

「最上さんは、入院したことがあったそうですが、よくなりましたか？」

丸顔の主婦にきいた。

「いまでも病院へ通ってはいるようです。肝臓の病気ということで、顔色がよくありません」

主婦は、最上が依田病院へ二回入院したことと、現在はべつの病院へ通院していることを知っていたが、なぜ病院を変えたのか、その理由については知らないという。

「それに……」

主婦はいいかけたが口をつぐんだ。

「奥さんから伺ったことがほかに洩れたりはしませんから、ご存じのことは教えてください」

道原は促した。

「最上さんのご夫婦は別居しているようなんです。ときどき奥さんを見かけますが、ここに住んでいないことはたしかです」

「それはいつごろからですか？」

「わたしが気付いたのは、去年の春でした。この近所の奥さんたちも、そのころから最上さんの奥さんの姿を見なくなったといっていました」

「離婚したんじゃないでしょうか？」

「どうなんでしょうね。ときどき見かけますから、離婚してはいないと思いますが」

最上の身の周りのことは、五十代のお手伝いが通ってきてやっているという。

主婦はお手伝いの住所は知らないといった。近所の人ではないというのだ。

最上夫婦の別居が事実なら、妻の霜子と島崎潤也が親しくなったことがその原因ではないか。

最上が現在、過去に二回入院したことのある依田病院にかかっておらず、他の病院に通っているというのも、妻の不貞に原因がありそうな気もする。もしかしたら最上は、島崎のいた依田病院を恨んでいるのではないか。

道原と伏見は、最上製作所を囲むように存在している民家を三軒回って聞き込みしたが、最初に訪ねた家の主婦と同じで、最上夫婦が別居しているらしいということしか知らなかった。

最上家を見ていると、小柄な女性が自転車で出てきて東のほうへ向かった。五十半ばに見える人だった。お手伝いではないかと思い彼女のあとを追って、声を掛けた。

彼女は自転車を降りた。やはり最上家へ通っているお手伝いだった。買い物に行くところだという。

道原は最上茂と霜子は別居しているのかときいた。

「奥さんは、一週間か十日に一度ぐらいおいでになります」

「なぜ別居しているのか、知っていますか?」

「いいえ」

彼女は目を伏せた。勤めている家庭の事情については話したくないという表情をした。

霜子の現住所をきいた。彼女は少しのあいだ話してよいものかどうかを迷っているようだったが、霜子は市内島立《しまだち》にマンションを借りていると答えた。

「どういうことでお調べか分かりませんが、わたしが喋《しゃべ》ったことはどうか伏せておいていただきたいのですが」

彼女は気弱そうな目をしていった。

道原は、その点なら心配いらないと答えた。

「最上さんは、入院したこともありますが、いまも病院へ通っているそうですね?」

「ときどき病院へ行かれます」

「以前、登山をしていたことのある人でしょうか?」

「登山……。わたしはきいたことがありません」

最上の人柄をきくと、温和で、喜怒哀楽を表に出さず、口数の少ない人だという。

彼女の話で、最上製作所には従業員が五人いることが分かった。このごろの最上は体調がよいのか、作業服を着て工場に出ているという。

霜子が借りているマンションは、松本電鉄上高地線の線路に近いところだった。

部屋をノックしたが、不在だった。彼女はどこかに勤めているらしいが、その勤務先はわからなかった。

家主の話で、彼女が入居したのが昨年三月初めということを知った。一人暮らしであり、訪れる人もいないという。

霜子は、夕方六時半ごろには帰宅するというから、彼女の帰りを車の中で待つことにした。

六時半過ぎ、ベージュ色のジャケットに茶色のバッグを提げた女性がマンションへ入って行った。道原と伏見は車を降りた。女性が階段を登る足音は二階でとまった。

ドアに鍵を差し込んだ女性に声を掛けた。その人はやはり霜子だった。彼女は訪れた二人の男が刑事だと知って、バッグを胸に押しつけた。

彼女は刑事を部屋へ上げた。

板の間の白木のテーブルをはさんで話をきくことにした。霜子は色白の細面だった。目が大きくととのった器量で、背も高いほうである。

「私たちは、登山に出掛けたきり行方不明になっている島崎潤也さんのことを調べています」

道原がいうと、彼女は一瞬、眉根を寄せた。

島崎と親しくしていたかときくと、彼女はうなずいた。

「島崎さんと親しくなったのは、いつからですか？」

「一昨年の九月ごろからです」

霜子は顔を伏せて答えた。

「男女関係が生じたときですよ？」

道原は念を押した。

彼女は顎《あご》を引いた。

「ご主人に知られたんですね？」

「はい」

彼女は伏せた顔を斜めにした。二人の男に見つめられて屈辱に耐えないという表情だった。

「別居したのは、そのことが原因ですか？」

「はい」

「別居したのは去年の三月下旬ということですが、あなたと島崎さんが深い間柄になったのを、最上さんにそのころ知られたんですか？」

「知られたのは去年の三月初めでした」

「最上さんは、島崎さんにあなたとのことで会いましたか?」

「いいえ」

「最上さんの二度目の入院は去年の一月から二月にかけての約一か月間でした。現在はべつの病院へ通院しているということですが、病院を変えたのはあなたと島崎さんのことを知ったからですか?」

「そうです。最上はわたしたちのことで、依田病院の内科部長先生と院長先生に会いました」

「抗議したんですね?」

「かなり強いことをいったようです。最上の気持ちを思うと当然でしょうが」

「抗議を受けた依田病院は、どういう態度を取りましたか?」

「一昨年からの医療費を返すという名目で、最上に慰藉料《いしゃりょう》を払いました。島崎先生から出たお金ですが」

「あなたはその金額を知っていますか?」

「島崎先生から伺いましたが、一千万円ということでした」

「そのお金はいつ支払ったんでしょうか?」

「去年の四月です」

依田病院の総務部長は、島崎とそういうトラブルがあったことなど一言も口にしなかった。その前に島崎の母親しず子もである。

「あなたと島崎さんとの関係はいつまでつづいていましたか？」

「島崎先生が行方不明になられるまでです。わたしは去年の四月、お別れするつもりで先生とお話ししましたが、先生はきき入れてくださいませんでした」

「島崎さんは、ここを訪ねていたんですか？」

「ここへは一度もいらっしゃいません。わたしにも人目が気になりますので」

「最上さんとは、離婚していないですね？」

「わたしははっきりと別れることを望んだのですが、最上にはいまのところ籍を抜く気持ちはないようです」

「島崎さんは生きてはいないと思います。あなたはどうみていますか？」

「さあ……」

「あなたは、ときどき最上さんのところへ行っていますが、最上さんとはこれから先のことを話しますか？」

「そういう話はしていません。彼には健康の問題もありますし、ときどきくるようにといわれるものですから、十日おきぐらいには行くようにしています」

行けばお手伝いでは手の回らない家事をするのだと、ますます小さな声でいった。

こうして見ていると霜子は良識のある女性のようであり、夫の入院していた病院の若い医師と男女関係を結ぶようには思えなかった。

道原の頭にクラブホステスの三浦喜久子と看護婦の丸川亮子の顔が浮かんだ。二人とも島崎とは深みにはまり、いずれも三年間ほど恋人でいたのだが、突然島崎から別れてくれといわれ、悔し涙を流したのだった。彼女らが彼と交際していた期間を考えてみると、島崎は交際しているうちその女性に飽きるようだ。喜久子と交際しているあいだに亮子を好きになった。亮子と別れる前に霜子を好きになり、二人の女性と同時進行のかたちで深い関係を持っていた。女性から見ると、島崎という男には心を酔わせる魅力があったのだろうか。

6

「最上さんには山登りの経験がありますか？」

お手伝いにもきいたことだが、霜子に確認した。

「山に登ったことはないと思います。少なくともわたしと一緒になってからは登っていません」

「あなたはどうですか？」

「わたしも登山はしません」

なぜ刑事がそんな質問をするのかと怪訝《けげん》に思ったらしく、霜子は伏せていた顔を上げた。

「島崎さんは、単独で登山に出掛けましたが、殺された可能性があります」

「えっ……」

彼女は襟元《えりもと》に手を当てた。

「最上さんは、島崎さんを恨んでいたでしょうね？」

「一番恨まれているのはわたしです。全身に油をかけて、火をつけてやりたいくらいだといわれたことがあります」

「気持ちは分かりますが、最上さんは、そういうことをやりそうな人ですか？」

「わたしに怒りをぶつけただけで、そんなことを本気でやる人ではないと思っています」

「あなたは、どうして島崎さんとそんな関係になったんですか？」

「どうしてとおっしゃられても……。島崎先生に好きだと、繰り返しいわれているうち、わたしも先生を好きになってしまいました」

彼女はまたうつむき、声も小さくなった。

道原はしばらく質問を考えていたが、

「最上さんは消防署となにか関係がありますか。あるいはトラブルがあったとか？」

ときいた。

「きいたことありません。消防署がどうかしましたか？」

彼女は二人の刑事にきく目をした。

「じつは、妙な事件が起きているんです」

道原は、豊科消防署に送りつけられた足骨と赤い山靴の紐のことを話した。

霜子は顎の下で両手を組み合わせた。肩が震えだしたようだった。

「それは、島崎先生のものに間違いないのですか？」

「目下、足骨の血液型の細かい鑑定をしていますが、ほぼ間違いないでしょう。去年の七月、履いて出た山靴の紐は赤でしたし」

道原は思いつき、最後に島崎と会ったのは何日だったかをきいた。

「七月七日でした」

「そのとき島崎から山に登る話をききましたか？」

「はい。十日に登るとおっしゃっていました」

「どこへ登るのかききましたか？」

「上高地から近い山だと伺った記憶があります」

「間違いないですか？」

「そう覚えています。わたしは山に登ったことがありませんし、山の名も知らないものですから、山の名を伺っても、どこなのかの見当がつきませんでした」

「あなたのその記憶は重要です。あなたはそれを警察に知らせなかったですね？」

「申し訳ありません」

「彼が行方不明になった直後、たとえ匿名でもそれを連絡してくれていたら、彼を発見できたかもしれません」

彼女は頭を垂れた。

「最上さんは、あなたと島崎さんのことで、島崎さんを恨んでも不思議ではない。それは分かりますね？」

「はい」

「最上さんは、島崎さんに殺意を抱いたかもしれませんよ」

「そんな……」

「だってあなたのからだに油をかけて、火をつけてやりたいくらいだといったんでしょ？」

霜子は肩を縮めた。

「あなたは最上さんに、私たちの訪問を受けたことを黙っていてください」

「最上を調べるのですか？」

「よく検討したうえで決めます」

道原と伏見は立ち上がった。

霜子は、寒さをこらえるように顎の下で手を組み合わせたまま頭を下げた。今夜の彼女はなにも手につかないだろう。食事も喉《のど》を通らないし、眠れないのではなかろうか。

「最上は山へは登りません」

霜子は靴を履いている道原に後ろからいった。

道原は振り返ると、島崎は山で死亡したとはかぎらないといった。

島崎家へ寄った。しず子が出てきて応接間へ通した。

公雄が入ってきた。白髪が光っていた。

「潤也さんは、最上霜子さんとも親しくしていましたね」

ソファに並んだ夫婦はうつむいた。

「霜子さんとの件では夫の最上さんに慰藉料まで払っているのに、そういうトラブルをなぜ教えてくれないのですか。潤也さんは、女性関係のトラブルが原因で事件に巻き込まれたことも考えられますよ」

　道原はしず子をにらんだ。

「お恥ずかしいことで……」

　公雄が頭を下げた。

「最上さんは依田病院へ抗議した。そのあと彼とお会いになったのでしょうが、どんな印象を受けましたか？」

「粘着質な人という印象を受けました。あちらの奥さんにその気がなかったら問題は起きなかったことですから、つっぱねようとも考えましたが、依田院長が、放っておくと最上さんはどういう手に出るか分からない。お金で早く解決したほうが賢明だということになりました。もしも世間に知られたら、病院の名にも傷がつきます。それで思いきって一千万円用意して持って行ったわけです」

　初めはその半額程度で話をつけようとしたらしい。

「最上さんは、お金を黙って受け取りましたか？」

「一千万円という金額は意外だったんじゃないでしょうか。なにもいわずに受け取りました」

「最上さんは、お金を強要するようなことを口にしましたか？」

「そういうことは病院でも私の前でもいったことはありませんが、潤也のために家庭を壊されたと、強い調子ではいいました」

「最上さんに慰藉料を払うことで、彼の抗議はしりぞけたが、潤也さんは霜子さんと、その後もお付合いをつづけていたということです。これはご存じでしたか？」

「そんなはずはありません。あの子は別れたといっていました」

しず子がいった。

「私たちは霜子さんからききました。二人の関係は潤也さんが行方不明になるまでつづいたと、彼女はいっています」

「あの人が潤也と別れたがらなかったのでしょうね」

しず子は口元を曲げた。

「最上さんと霜子さんは、離婚しましたか？」

公雄がきいた。

「籍はそのままになっているそうです。去年の三月から別居してはいますが」

「最上さんは、工場を経営しているようでしたが、お金に困っていたんじゃないでしょうか」

しず子は眉間《みけん》を寄せ、最上夫婦を疑っているようないい方をした。

彼女は、息子の潤也が霜子の色仕掛けに遭って、だまされたのではないかと思っているようだ。つまり夫婦の仕組んだ罠《わな》にはまって、金を取られたと考えているのではないか。

世間にはそういうことをたくらむ夫婦がいないことはない。だがさっき会って観察した霜子は、性の悪い女性には見えなかった。潤也が人妻を承知しながら、彼女に接近し、甘い言葉を耳にささやいたように思われた。

豊科署は、道原と伏見の報告を受けて、最上茂を内偵した。

妻を誘惑し、家庭を崩壊させたことを恨んだ最上が、島崎潤也の山行を利用して殺害した可能性が考えられたからである。

最上の内偵捜査に一週間費《ついや》したが、彼には山に登った形跡もなかったし、怪しい点は認められなかった。

彼が妻の霜子と共謀して、島崎家から一千万円を脅し取ったのではないかという点についても調べた。だが、最上製作所の業績は安定しているし、仕入先への支払いが滞ったこともなかった。彼には犯罪に関係した前歴もないし、人柄についての悪評もなかった。

最上茂個人と最上製作所の銀行預金を調べたが、どの口座にも売上げ以外のまとまった金額が入金されたことはなかった。彼は島崎家から受け取った一千万円を、銀行口座に入れず持っているのだろうか。

四章 墜死

1

北アルプスも雪解けがだいぶ進んだ六月四日の午前、上高地から霞沢岳へ沢伝いに登るコースの取りつき近くの森林内で、人間の白骨遺体が発見された。六月一日から救助犬を使って島崎潤也の痕跡《こんせき》をさがしていた捜索隊が見つけたのだった。

この捜索には最上霜子の話がヒントになった。島崎が行方不明になる直前まで交際していた彼女が、道原の質問に、「島崎先生は上高地から近い山に登るといっていました」と答えた。彼女は山に登ったことがないし、上高地付近の地理にも通じていないため、島崎から登る山の名をきいたような気がするが、なんという山なのか記憶がないと答えた。

霞沢岳は、それまで島崎が登ったことのない山だった。彼は友人に、自分の未踏峰へ登ってみたいと話していた。したがって霞沢岳も捜索範囲に入れていたのだが、この山へは徳本峠側からの登山コースがあるだけだった。

何年か前まではこの山に登る人はめったにいなかった。登山コースが開発されていなかったのと、登るとしたら上高地から鬱蒼《うっそう》たる森林におおわれた沢をツメるしかなかった。したがって上級者のみが挑戦しうる登攀《とうはん》困難な山である。

道原らの刑事は、霞沢岳の捜索に対して、もし島崎がこの山に入ったのだとしたら、そう奥まで入っていないうちに死亡しただろうと推測した。

それは、豊科消防署に送られてきた右足骨《そっこつ》が、精密鑑定の結果、島崎潤也とDNAの型が一致したことから確定したのだ。

足骨は五月七日に消防署へと着いた。この時季、上高地も北アルプスも深い雪に埋まっている。その中から遺体を取り出すということは、遺体の位置を正確に知っている者のみにできることであり、積雪が動く可能性のある急斜面などではないと判断した。それも穂高や槍のような、積雪期登山が困難な場所でなく、比較的入山しやすい森林帯ではないかと推測した。

そこで島崎がかねてより登ってみたいとしていた霞沢岳をあらためて捜索する山の第一目的地に挙げた。

島崎は山行直前、霜子に、「上高地から近い山に登る」といった。これをヒントに、霞沢岳に通じる何本かの沢の周辺をさがすことにきめたのだった。

この選択は的中した。発見された遺体がまだ島崎だと認められたわけではないが、捜索隊が連絡してきた遺体と遺品のもようから、彼だろうと判断した。

道原たち刑事も、山靴《やまぐつ》にオーバーシューズを履いて上高地へ急行した。

空は晴れているが森林の中は暗かった。道路から一〇〇メートルと入らない残雪の中に、遺体は眠っていたのだった。

ブルーのシートの上に、雪の下の土中から掘り出した遺骨を並べた。頭部から足先までそろったが、右足首だけがなかった。

土の中から赤いザックが出てきた。その脇に山靴があった。が、右の靴紐《ひも》はなくなっていた。左の靴紐は赤である。

遺骨が着ていたウェアとザックの中を点検したが、身元の分かる物はなに一つ出てこなかった。このことからも、何者かに持ち去られたのだろうという判断がついた。

白骨遺体とザックなど、発見された一切の物を豊科署に運ぶと、島崎の両親と友人の増沢を呼んだ。

両親から連絡を受けてか、姉の熊谷智子も一緒にやってきた。

ザックと山靴を一目見た増沢が、
「島崎の物です」
といった。
遺体が着けていたウェアと、ザックの中の着替えを見たしず子も、潤也の物に違いない
といった。
着衣はほとんど破損していなかった。怪我をしたか発病で倒れたという見方ができなく
はないが、霞沢岳へ登るつもりで倒れたものなら、一般的ではないが登山コースの一つと
されている沢に入っているはずだった。ところが遺体は、沢の右岸から二〇メートル離れ
た地点の森林の土中で発見されている。
白骨遺体は大学の法医学教室へ運ばれた。足骨と一致するか、骨に損傷はないかの鑑定
のためだった。
鑑定の第一報は三日後にあり、頸椎《けいつい》と左大腿骨《だいたいこつ》に殴打によるとみられる亀裂、腸骨《ちょうこつ》の
上部に刃物が当たったものとみられる傷が発見された。
推測であるが、遺体の男性は、首と左大腿部を殴られ、そのあと刃物で腹部を刺された。
そこからの出血により、死因は失血によるものだろうという。
今度は署長が白骨遺体について記者発表した。他殺の線が濃厚であるといった。いまま

で発表を伏せていた、右足骨と赤い靴紐が消防署へ送られてきていたことも報道されることになった。

足骨は医師・島崎潤也と確定しており、本日発見の遺体も彼に間違いないだろうと、署長は記者会見を締めくくった。

島崎が行方不明になってから十一か月を経て、彼を他殺と断定し、豊科署に捜査本部が設けられた。

犯人は島崎の単独山行を狙って尾行し、上高地から霞沢岳に通じる沢沿いの森林内で殴って倒し、刃物で腹部を刺して殺害した。そのあと土を四〇センチほど掘って遺体とザックなどを埋めた。

犯人は、埋めた遺体を掘り出し、右の足骨と、履いていた右の山靴の紐を抜き、去る五月七日、豊科消防署にその両方を紙箱に入れて送りつけた。

こうした行為から捜査本部は怨恨の線が濃厚とみて、あらためて捜査を開始した。

このことが報道されて間もなく、松本市和田に住む最上茂が島崎家を訪れ、「殺人事件に関係しているとみられたくないから」といって、妻霜子と島崎の男女関係に対する慰藉《いしゃ》料《りょう》として受け取った一千万円を返しにきた。家にいたしず子は、「いったん支払ったものを受け取るわけにはいかない」といったが、最上は紙に包んだ現金を彼女に押しつけて帰ったという。

島崎家から連絡を受けて、捜査員は島崎家を訪ねて現金を確認し、その足で最上茂に会いに行った。

「私は、依田病院に対しても島崎さんに対しても、金銭を強要したわけではないのに、島崎公雄さんが息子の不始末を謝罪にきて、現金を置いて行きました。私は精神的に苦痛を受けたので、それに対する誠意と思って受け取りました」

と彼は語った。

前にも彼の身辺を内偵したが、島崎の行方不明に関係していそうな点は認められなかったし、今回の捜査でも怪しい点は浮上しなかった。

島崎の山行日程と登山地を知っていたのは、霜子である。彼女は登山経験がないというが、島崎の遺体が発見された森林の中は急峻《きゅうしゅん》な場所ではなく、登山の未経験者でも入り込むことが可能だった。

そこで昨年七月十日の彼女のアリバイを確認することにした。夫と別居した彼女は、市内の材木会社に事務員として就職した。当日は平常どおり出勤していたことが出勤簿によって明らかになった。

山行に出た者を山中で殺害し、遺体を土中に埋めたということは、犯行を隠す行為に通じている。それなのに白骨化した遺体を掘り出して足骨をはずし、履いていた山靴の紐を抜いて一緒に送りつけるというのは、犯行を世間に知らせることであり、捜査当局に対する挑戦のようにも受け取れた。

遺体の他の部分が見つからないかぎり、加害者は絶対に分からないだろうという自信があるのだろう。

豊科署は、消防署に足骨が届いたとき、そのことをマスコミに発表したが、報道を差し控えてもらった。

足骨を送りつけた人間は、毎日、新聞を見ただろうし、テレビの報道にも関心を寄せていたはずだ。ところが報道されない。それによってべつの手段を考え、島崎が殺されたことを訴えてくるのを期待していた。その間、山中の捜索も実行した。だが犯人はこの約一か月のあいだになんのアクションも起こさなかった。

どこかでそっと捜索の成り行きを窺《うかが》っていたに違いない。

霞沢岳に通じる沢筋から発見された白骨遺体は十日間を経て、島崎潤也と確定した。消防署に送りつけられた足骨を併せて、彼の全身はそろったのである。

2

七月六日。北穂高岳から奥穂高岳へ向かう女性の三人パーティーの一人が、垂直に近い岩場をクサリに摑《つか》まって登っている最中、墜落して死亡した。

夏山シーズン到来を迎えて、山岳救助隊が涸沢に常駐したその日の事故だった。

救助隊はザイテングラードを白出《しらいで》のコルへ登り、北穂へ向かって標高三一〇三メートルの涸沢槍を越えた。朝から小雨が降ったりやんだりし、ときどき薄い霧が張る天候だった。

三人パーティーのうち二人の女性は、稜線《りょうせん》の岩にしがみついて震えていた。クサリ場で転落したのは浮地《うきち》ひずるといって二十八歳。

彼女は稜線の飛驒《ひだ》側から、パーティーのトップに立ってクサリを伝って登っていたが、稜線に達したところで、急にのけぞるような恰好《かっこう》をして、下部にいた二人の頭を越えて転落したということだった。

奥穂側からやってきた男性の二人が、浮地ひずると一緒に登っていた二人の女性から遭難発生をきき、穂高岳山荘へ引き返して通報した。

北穂側からも男性パーティーがやってきて、遭難発生をきいた。彼らは浮地ひずるの転落地点まで下り、救助を試みたが、彼女はすでに絶命していた。

救助隊は飛驒側へ一五〇メートルほど下った。ひずるは急斜面に突き出た岩に寄りかかるような姿勢で死んでいた。ザックを背負ったままだった。

やがてヘリコプターが到着して、彼女は豊科署へ運ばれた。

雨と霧に当たって彼女の着衣はぐっしょり濡れていた。

検視医は彼女を検《み》て、全身打撲による即死と診断したが、額《ひたい》に目を近づけ、妙な跡があるといって首を傾《かし》げた。半円形の鬱《うっ》血《けつ》痕の中に波状の模様のようなムラを認めたからである。

彼に呼ばれて、鑑識係も遭難者の額に注目した。拡大鏡を当てた。半円形の痕は一部が重なって二つついていることが分かった。岩角に額をぶつけた場合とは明らかに異なっていた。

涸沢岳から運ばれてきた女性遭難者の額に、不審な鬱血痕があるという報告は刑事課の道原の耳にも入った。

彼は中庭へ飛び出した。鑑識係が道原に拡大鏡を持たせ、死者の額にライトを当てた。

協議した結果、大学の法医学教室へ運び、監察医の診断に委ねるのが賢明ということになったのである。

浮地ひずるの同行者の二人が、後続のヘリで署へ到着した。二人とも雨と霧に濡れ、蒼《あお》い顔をしていた。

婦警が更衣室で着替えさせ、熱い牛乳を飲ませた。

上高地へ行っていた小室主任が帰ってきた。

救助隊の部屋で二人から、ひずるの遭難時のもようを聴取することにした。それには道原も同席した。

ひずるの同行者は、関沢千秋《せきざわちあき》、二十六歳と、野口陽子《のぐちようこ》、二十六歳。

二人の話で三人は、長野赤十字病院看護学校の卒業生であることが分かった。

浮地ひずると関沢千秋は、現在、松本市内の国安《くにやす》病院に看護婦として勤務中。野口陽子は大町市の白樺《しらかば》病院に看護婦として勤務中。

三人はいずれも長野県内の高校在学中から登山をしていた。浮地ひずると関沢千秋は同僚であることから、たがいに趣味が一致することを知り、誘い合って山行をするようになった。今回の穂高山行はひずるの提案で、千秋が陽子を誘って、三人パーティーを組むことになったという。

「三人とも、穂高は経験しているの?」

小室がきいた。

「浮地さんとわたしは、三回目です」

千秋が答えた。彼女の髪は茶色である。

「わたしは二回目です。去年が最初で、そのときは逆コースを歩きました」

長身の陽子が答えた。つまり前回は奥穂側から北穂へ向かったというのだ。

「浮地ひずるさんの体調は？」

「べつに異常はなかったと思います。ゆうべもけさも、体調が悪いようなことはいっていませんでした」

千秋がいうと、陽子がうなずいた。

「薬を飲んでいたようすは？」

「見たことありません」

「日ごろ、丈夫な人でしたか？」

「それはもう。めったに勤務を休んだこともありません」

小室は二人に、ひずるが転落したときのもようを詳《くわ》しく話してくれといった。

三人は北穂高小屋を午前七時半に出発した。約一時間半で、飛騨側から稜線に登るクサリ場に達した。山小屋を出たときからひずるがトップに立っていた。

クサリを摑んで彼女は垂直に近い岩場を登り始めた。千秋と陽子はそれを真下で見ていて、ひずるが六、七メートル登ったところで千秋がクサリを摑んだ。

ひずるは途中で呼吸をととのえていた。千秋は下からそれを見上げ、「大丈夫ですか？」と声を掛けた。ひずるは下部にいる二人に笑顔を見せた。薄い霧が三人に降りかかった。
二、三分してひずるは登り始めた。千秋も足を岩にかけてクサリを引き寄せるようにして登った。千秋が六、七メートル登ったのを見て陽子がクサリを摑んだ。
ひずるが稜線に登りきったころと思われるときである。千秋がひずるの悲鳴のような声をきいて頭上を仰いだ。山を歩いていると岩につまずいたり、足を滑らせたりした瞬間に小さく叫ぶことはよくあるが、千秋の耳にはひずるが、「いやっ」といったようにきこえた。その声は二度つづき、ひずるはのけ反《ぞ》るような恰好をした。クサリか岩から両手を放したのだった。今度は千秋が絶叫した。ひずるはザックを背負ったまま、真下でクサリを摑んでいる二人の頭上を越えて転落し、霧の中に姿を消した。

「稜線には人がいなかったか？」

小室がきいた。

「たしか男の人がいました。下から顔だけが見えました」

千秋が答えた。

千秋と陽子は、近くにいるかもしれない登山者に遭難発生を知らせるため、「助けてください」と、大声を出した。が、稜線から下をのぞく人はいなかった。

「あんたたちは、稜線へ登ったの？」

「ひずるさんが落ちたところへ下りました」

ひずるは稜線から約一五〇メートル下の岩にからんでいた。呼んだが答えは返ってこなかった。二人は泣きながらクサリを伝って稜線へ登り、登山者が通りかかるのを待った。

「ひずるさんが転落したとき、稜線に男がいたのは間違いないですね？」

道原が念を押した。

「間違いありません。顔だけはっきり見えましたから」

千秋が答えた。陽子は見なかったという。

「一人だけでしたか？」

「わたしには一人しか見えませんでした」

「あなたたちは、約一五〇メートル転落したひずるさんのところへ下ったあと稜線へ登った。そのとき、そこには誰かいましたか？」

「誰の姿もありませんでした」

「じゃ、ひずるさんの真上の稜線にいた男はどうしたんでしょうね？」

「分かりません」

千秋は涙ぐんで首を横に振った。

浮地ひずるの遺体の検査結果は、翌日の昼過ぎに発表された。薬物を服用していなかったかについても検《しら》べるため、解剖したのだった。

胃の中の未消化物は、きのうの北穂高小屋の朝食と一致した。彼女はそれ以外の物を食べていなかった。薬物の服用も認められなかった。

問題は額の鬱血痕がなんであるかだった。

これについて法医学教室の教授は、「靴の踵《かかと》の跡と思われる」といった。それはほぼ同じ個所に二回当たっていた。

この所見を署に持ち帰ると、署長、刑事課長をまじえて検討した。

浮地ひずるの額の痕の写真を拡大して、ホワイトボードに貼りつけた。

「どう見ても靴の踵の跡だね」

四賀課長がいった。

写真を見つめていた全員がうなずいた。

小室もやってきて、山靴の踵で蹴られたのだろうといった。

3

クサリ場を登攀中、二番手にいた関沢千秋がいうには、浮地ひずるは転落する直前、「いやっ」と叫んだという。もう一度悲鳴がして、その直後にひずるはのけ反るように宙に浮いたということだった。

稜線には男がいて、その顔だけを千秋は見ている。何人いたかは分からないが、顔をのぞかせたのは一人だったと、彼女は記憶を語っている。

このことからして、男はひずるがクサリを伝って稜線に登ってくるのを待ちかまえていたのではないか。

彼女は登りつき、クサリを放して岩を摑んだ。待ちかまえていた男は、彼女の額を山靴の踵で強く押すか蹴るかした。ひずるが二回悲鳴を上げたのは、二回蹴られたからだろう。その痕跡が彼女の額に刻印されたものに違いない。

六、七メートル下から見上げた千秋の目には男の顔と映ったが、それは女だったかもしれない。

千秋は、稜線からのぞいたのは男だったと確信しているようだが、人相までは覚えていないといった。

ひずるの額を蹴って転落させた人間は、彼女だということを知っていてやったのだろうか。誰でもいいから墜落させたくて、稜線でクサリを伝って登ってくる登山者を待っていたのか。それともひずるは人違いされて、被害に遭ったのか。

登山者はみな同じような服装をしている。比べてみれば、ウェアの色や形は異なっているし、帽子の色も形もさまざまだ。ザックの色や大きさや形も違うのだが、一目したかぎりでは同じように見えることがある。

ひずるは殺害されたものと、豊科署は断定した。

未解決の殺人事件を抱えているのに、また一件殺人事件が発生した。

未解決の殺人事件の被害者は島崎潤也医師である。山靴で蹴られて墜落させられた浮地ひずるは看護婦だ。いずれも松本市内の医療機関にたずさわっていた人が被害に遭ったのだが、これは偶然なのか。

もう一つ未解決事件がある。それは去年の十二月四日、槍沢で四人パーティーが雪崩に襲われ、三人が行方不明になったというSOS無線だった。のちにいたずらと判明したが、発信者は東京・世田谷区の杉村正記だと名乗った。杉村は実在していた。が、彼はたまたま北海道出張中であり、しかも網走とウトロの中間地点で猛吹雪にみまわれ、運転していた乗用車を雪のたまり場に突っ込んで動けなくなっていた。

それを知っているのか、SOS無線の発信者は杉村を名乗っている。

杉村には不審な点があるが、彼がいたずら無線の発信者でないことだけは事実である。だからまる一日、雪に埋まった車の中にいたという話が嘘《うそ》であっても、彼を拘引して取調べることはできない。

彼にはまる一日、雪に埋まった車内にいたといい張らなくてはならない事情があるようだが、そのことと、いたずら無線を発信して、救助隊を出動させたこととは無関係のようだ。少なくとも関係があるという証拠を挙げることができないのだ。

浮地ひずるは、長野県でも豪雪地帯の下高井《しもたかい》郡山《やま》ノ内《うち》町の出身だった。そこから両親と兄がやってきて、彼女の遺体と対面した。

三人は昨夜は、豊科町内のホテルに宿泊した。遺体を引き取って帰ることになっているが、豊科署はその家族を呼んだ。四賀課長と道原が事情をきくことにした。

課長と道原は小会議室で三人の家族と向かい合うと、まず悔みをいってから腰掛けた。

「まことにお気の毒なことですが、ひずるさんは登山中過って転落したのではなく、何者かに突き落とされて殺されたことが分かりました」

課長はしんみりした声で告げた。

「殺された……」

そうつぶやいたのは父親だった。彼の顔も手も陽焼けして黒かった。浮地家は農業だという。

母親は口に手をやった。兄は目を丸くした。

「一日も早く犯人を検挙するため、県警本部と協力して捜査には全力を尽しますが、お心当たりのことがありましたら、どんな細かいことでもお教えください」

課長は低い声でいって、家族の顔を見つめた。

「娘が殺されたなんて信じられません。殺されるほど悪いことをするような娘じゃありません」

母親はそういうと、テーブルに泣き伏した。

ひずるは高校を卒《お》えるまで山ノ内町の自宅にいて、松本市の看護学校に進んだことが、父親と兄の話で分かった。高校生のころ登山を始め、看護学校の同級生とどこそこの山に登ったといっては、山で撮《と》った写真をよく送ってよこした。帰省しては山の話をすることもあった。独身のうちに一度はカナダの山を歩きたいなどといったこともあった。

「結婚を約束した人はいましたか?」

課長がきいたが、三人は首を横に振った。

「去年の秋、野沢温泉で旅館を経営している人から、息子の嫁にどうかという縁談をもらいましたが、ひずるはその人との見合いを断わりました。私たちは、いい話だと思ったんですが」

父親は唇を嚙《か》んだ。

課長は、男の山友だちはいたかときいたが、三人は知らないと答えた。

両親と兄からは捜査の手掛かりになるような話は、なに一つきくことができなかった。

道原と伏見は、ひずるが勤務していた松本市内の国安病院へ出掛けた。

院長に会ったあと事務長に会った。

五十代のメガネを掛けた事務長は思いがけないことをいった。去年の七月、山行に出たまま行方不明になり、一か月前に霞沢岳へ通じる沢筋で白骨遺体で発見された島崎潤也が、国安病院で夜勤のアルバイトをしていたというのだった。

「それは知りませんでした。島崎さんが勤務していた依田病院からもそういうことはきいていません。依田病院ではそれを知っていたでしょうか?」

道原はきいた。

「知っていました。私があちらの総務部長に話しましたし、医長にも話を通して了解のうえてきていただいていました。年配の先生は宿直を嫌いますので、夜勤にはS大学からも若い先生をお願いしています」

「島崎さんは、月に何日ぐらいこちらで夜勤をしていましたか?」

「三回ぐらいです」

「島崎さんは内科の先生でしたが、浮地ひずるさんは?」

「内科病棟の看護婦でした」

「では、二人は知り合っていましたね?」

「浮地が夜勤のとき、一緒になったことはあるはずです」

「その二人が殺された。思い当たることはありませんか?」

「さあ……」

事務長はメガネの縁を指で押し上げた。

彼は首を傾げていたが、ひずるの上司に当たる婦長を応接室へ呼んだ。すぐには手が放せないということで、三十分ばかり待たされた。

婦長は四十半《なか》ばの肥えた人だった。

ひずるが殺されたことはまだ報道されていないから、婦長は刑事の話をきいて顔色を変えた。

「島崎さんも浮地さんも独身でした。二人が親密だったということはありませんか？」

「なかったと思いますが……」

婦長は、確かなことは分からないという顔をした。

道原は、島崎と関係のあった三人の女性を思い出した。彼は一人の女性と別れないうちにべつの女性と関係を持っていた。最後の女性が人妻の最上霜子だが、ひずると関係があったとしても島崎ならおかしくはないと思った。

「島崎さんも浮地さんも山登りをしていました。二人が一緒に登ったことが考えられますが」

道原は婦長にきいた。

「それも知りません」

「夜勤の先生が看護婦さんと、プライベートな話をする機会はあるでしょうね？」

「それはありますが、先生方よりも看護婦は多忙です。休憩時間はありますが、少しも休めない夜があります。……刑事さんは入院なさったことがありますか？」

「いや」

道原はいって、伏見にどうかと目顔できいた。伏見もないという。

「お身内の方の入院に付添っていらしたことは？」

「それもありません」

伏見も、ないといって首を動かした。

「この病院では看護婦はポケットベルを持たされています。患者さんがベッドでナースボタンを押すと、看護婦のポケベルが鳴ります。夜勤の場合は、看護婦の人数が少ないものですから、担当でない者も患者さんの呼び出しに応じることにしています。静かな夜もありますが、しょっちゅう患者さんに呼ばれる夜もあります。そういう夜は、休憩どころか、軽い食事を摂ることもできません。ですから、患者さんの病状についての打ち合わせ以外は、先生と話す機会がありません」

道原はこんなことを想像した。島崎とひずるは親密になっていた。それを同僚看護婦が知った。ある看護婦は島崎に思いを寄せていた。いや、肉体関係があった。それで二人の仲を妬《ねた》み、恨み、それぞれの山行を狙って犯行におよんだ。

道原は、病棟の看護婦からも島崎とひずるの関係をきいたが、二人はそんな仲ではないという人が多かった。

看護婦の中で二人が、「島崎先生に、デートしないかって誘われたことがありました」といった。二人とも応じなかったというが、一人が誘われたのは去年の四、五月ごろ、一人は六月だったと答えた。二人ともそれほど器量よしではなかった。

「島崎というのは、無節操な男だったんですね」

国安病院を出ると伏見がいった。

私情は持ちたくないが、嫌なタイプだと道原は思った。

4

関沢千秋はひずるが殺されたことでショックを受け、寮で休んでいた。

彼女は外来の看護婦だからか、島崎を知らなかった。一か月前、彼が霞沢岳の沢筋から白骨遺体で発見され、それが他殺だったことは報道で知ったが、国安病院でアルバイトしていたことは知らないといった。

「浮地さんから、島崎さんの名をきいたことはありませんか？」

道原はきいた。

「覚えがありません」

「浮地さんには交際している男性がいたでしょうか？」

「いたと思います。どこのどなたかは知りませんが、恋人はいるときいたことがあります」

「国安病院に勤めているか、関係のある人では？」

「分かりません」

「知っていることを隠さないでくださいよ」

「ほんとうに知りません。彼のことを詳しく話してくれたことがありませんから」

彼女の表情を見ていると事実知らないようだった。

「浮地さんは、山で誰かと会うようなことをいっていなかったですか？」

「いいえ」

「彼女を蹴落とした犯人は、彼女の登山日程と、登山コースを知っていて、あの現場でクサリ場を登ってくるのを待っていたものと思われます。あなたたち三人が出発してからのことを、よく思い出してくれませんか」

ひずる、千秋、陽子の三人は、七月四日の朝、松本駅に集合した。電車とバスを乗り継いで上高地に着き、少し早い昼食を摂って、梓川左岸の道を横尾まで入った。早朝に松本を発《た》てば、その日のうちに涸沢まで入れないことはなかったが、事前に三人で話し合い、一日目は調子をととのえるため、横尾山荘泊まりを決めていた。

上高地から三時間半かけて横尾には午後三時に到着した。山荘に重い物をあずけ、二時間ほどかけて槍沢を往復した。

山荘で誰かに会わなかったかを道原はきいたが、三人とも知っている人には会わなかったという。

横尾山荘は混雑していたから、一部屋に何人かを押し込まれるのを覚悟していたが、二階の部屋で三人だけで泊まることができた。

窓から星空を眺めているうち外に出たくなり、三人は羽毛服を着込んだ。河原に近いキャンプ場で花火をやっているグループがいた。

二日目の五日の朝は曇り空だった。三人は七時に山荘を出発した。左手に屏風《びょうぶ》岩を眺めながら汗をかいて登り、涸沢に十時半に着いた。まず順調といえた。

三十分休憩を取り、何組かのパーティーのあとについて北穂を目ざした。薄陽が差し、風は弱く、登山には好天といえた。

振り返ると、いつの間にこんなに大勢の人が登ってきたのかと思うほど、涸沢カールには色とりどりのテントの花が咲いていた。その中には一か月間ぐらい、ここで暮らす人がいるという話をきいたことがある。

北穂山頂には午後二時に着いた。これも計画通りだった。

山頂はさすがに風が強かった。十人ぐらいがいて遠くの山を眺めたり、写真を撮っていた。

滝谷《たきだに》を登攀してきたクライマーが、ザイルを巻いていた。その人たちを見ていると、千秋らの登山などハイキング程度だと思った。

三人とも疲れ、北穂高小屋に入ると二時間あまり眠った。

予想したよりも北穂高小屋は混まなかった。三人が布団に入ったころ、槍ヶ岳から着いた二人連れがいて驚いた。難所を越えるころは暗くなっていたろうに、よく事故が起きなかったものだと感心した。

いったん眠ったが、千秋は目を覚ました。真夜中だろうと思ったが十一時前だった。窓をそっとのぞいた。星が目の高さに輝いていた。ひずると陽子を揺り起こして、星空を見せたいくらいだった。

三日目の六日の朝、五時に目を覚まして窓をのぞくと霧でなにも見えなかった。ゆうべはあんなに星がきれいだったのに、とつい愚痴《ぐち》をいった。

霧は小雨に変わったが、一時間ぐらいでやみ、霧も薄くなった。もしも濃霧だったら、ここでじっとしていて、視界が展《ひら》けたら計画を変更して涸沢へ下ろうと話し合った。だが天気予報では霧や雨は朝のうちだけで、日中は薄陽も差すということだった。

それならということで、三人は計画どおり午前七時に山小屋を出発した。昨夜泊まった半数はすでに山小屋を発っていた。槍へ向かった人も、奥穂側へ行った人も、涸沢へ下った人もいた。

涸沢へ下る五十代のカップルと一緒に山小屋を出て、途中で手を振り合って別れた。たがいに、「気をつけてね」といい合った。

「この時季に、気味が悪いほど山がすいているわね」といったのはひずるだった。彼女は毎年七月初めには北アルプスへ登っていたのだ。

北穂の山頂を出て約一時間半、トップのひずるが墜落するという、想像だにしなかったことが起こった――

この間、千秋は知っている人を見かけなかったし、ひずるからも陽子からも、知っている人がいるという話は出なかった。

豊科署の捜査本部では、ひずるが被害に遭った現場に近い北穂高小屋、穂高岳山荘、涸沢にある二つの山小屋の宿泊者を片っ端から当たっている。対象者は七月五日の宿泊者だ。この中に単独行の男がいたら、身辺まで詳しく調べることにしている。殺人は複数ではやらないだろうとみたからだ。

女性の単独行は、涸沢の二軒の山小屋に四人いた。一人は五日と六日の二夜泊まっていた。男性の単独行は四つの山小屋に計十一人いた。二十代から五十代と年齢層は広かった。

五日六日と連泊したのは四人だった。

男女十五人のうち、ひずるとなんらかの関係があった人はいないかを、目下調べている。

四賀課長から、ひずるに限定せず、千秋と陽子と関係のありそうな人間についても詳しく調べろという指示が飛んだ。ひずるが人違いで蹴落とされたことも考えられるからだった。

道原と伏見は翌日、大町市内の白樺病院へ陽子に会いに行った。彼女のきょうの勤務は夕方終るというからそれを待った。

陽子にも、知っている人に会わなかったかをきいた。答えは千秋と同じだった。

「あなたたちのパーティーは、出発時から何者かに尾《つ》けられていたような気がする。道中か、あるいは山小屋で、なんとなくようすを窺っているような人間に覚えはないですか？」

道原がきくと、長身の彼女は額に手を当て、三日間の山行を思い出しているようだったが、そういう人には気がつかなかったと答えた。

「浮地さんが、誰かに命を狙われていたということですか？」

彼女がきいた。

「浮地さんとはかぎらない。犯人は、あなたか関沢さんを狙っていたということも考えられます。犯人は、あなたか関沢さんと浮地さんを見間違えて、蹴落としたかもしれません」

「わたしには、そんなことをされる覚えはありません」

「浮地さんだってそうだったでしょう。何者かに命を狙われているのを知っていたら、山へは登らなかったでしょう」

「もしも人間違いで浮地さんがあんなことになったのだとしたら、いずれ犯人はわたしか関沢さんを狙うでしょうか?」

「そういうことがないとはいえない。充分気をつけることですね」

「そんな心当たりがないのに……」

彼女は胸の前で手を組み合わせた。心が震えているのがその表情でよく分かった。

彼女はあした、山ノ内町の実家でとり行われるひずるの葬儀に参列するといった。

道原たちも行くつもりだ。ひずる殺しの犯人が、なにくわぬ顔をして焼香するかもしれないのだ。葬儀に参列しないと怪しまれるという間柄の人間ならやってくるだろう。

それは男か女か分からない。千秋は、ひずるが墜落する直前、稜線から一人の男が顔をのぞかせたといっている。彼女の目には男と映ったが、じつは女だったとも考えられるのだ。

5

山ノ内町は、千曲《ちくま》川支流の夜間瀬《よませ》川の上、中流域を占め、湯田中《ゆだなか》、星川《ほしかわ》、渋《しぶ》、上林《かんばやし》などの温泉群があって、志賀《しが》高原を中心とする上信越《じょうしんえつ》高原国立公園の玄関口である。降雪期はスキーヤーがどっと押し寄せるが、夏場もハイカーでにぎわっている。ゆるやかな丘陵地にリンゴ園が広がっていて、平穏な農村という風情があった。

伏見の運転する車はゆるい坂道を登った。黒い服を着た人たちが坂道を歩いている。着ている人も暑いことだろうが、見るほうも暑苦しい。

人びとは坂の上の浮地家へと入って行った。

道路に花輪が五つ六つ並んでいた。人びとはたがいに腰を折っている。炎天の下で立ち話を始める人たちもいた。

道原と伏見は、車から降りると濃紺の上着に袖を通した。

僧侶の読経がきこえた。親族の焼香のあと、一般会葬者の焼香の列ができた。

道原たちもそれに並んだ。五、六メートル列が進んだ。

「おやじさん」

伏見が後から上着の裾《すそ》を引いた。

「あの男……」

と彼にいわれて左手の木陰を見ると、十四、五人の男女の中に思いがけない顔があり、道原は目を見張った。

「なぜ彼が……」

「なぜでしょう?」

「この家と親戚なのかな?」

「そうでしょうか?」

二人は低声《こごえ》で話した。

木陰に立っているのは菱友物産社員の杉村正記だった。

伏見に杉村を見張らせた。動いたら呼びとめておくようにといった。

道原は親族に頭を下げ、遺影で笑っているひずるに抹香《まっこう》を揉《も》んだ。

家が背負っている木立ちで蟬《せみ》が鳴いていた。

道原は杉村に近づいた。杉村は刑事がきていることには気づいていなかったらしく、はっとするように表情を変えた。

庭の隅に杉村を呼んだ。

「あなたはこちらとはどういう関係ですか？」

「じつは、ひずるさんとお付合いしていました」

「そうだったの。ここであなたと会うとは……」

道原は黒のスーツの杉村を見つめた。

杉村は目を逃がした。

焼香を終えた伏見がやってきた。杉村は頭を下げた。

「あなたとひずるさんは、いつから付合いを？」

「一昨年《おととし》の九月、上高地で知り合って以来です」

関沢千秋は、ひずるには恋人がいるらしいが、どこの誰かは知らないといっていた。

杉村の話によると、一昨年十二月ごろからひずるとの仲は接近し、彼が松本へきたり、彼女が上京したりして会っていたという。

「これまでひずるさんのご家族には会っていましたか？」

「いいえ」

「じゃ、あなたとひずるさんのことを、彼女のご家族は知らなかったんですね？」

「彼女が話していないかぎり、知らなかったと思います」

「結婚するつもりだったんですか？」

「そういう話はまだしていませんでした」

「きょうは、こちらのご両親に挨拶《あいさつ》しましたか？」

「焼香しただけで、まだ……」

「話すつもりですか？」

「いえ。出棺を見送ったら、黙って帰ろうと思っていました」

杉村はひずると交際していたことを、自分の両親にも話していなかったという。

三人は木陰から手を合わせてひずるの出棺を見送った。葬列の中には千秋と陽子の顔があり、二人は白いハンカチを目に当てていた。

杉村も車を運転してきていた。道原は彼とどこで話すかを考えた。

伏見が耳に口を寄せ、杉村がひずるの恋人だったことは重要な気がするといった。

道原はうなずき、車の中から署に電話した。

四賀課長が出て、杉村を署に同行させるようにといった。

杉村に署への同行を求めると、彼はうなずいた。

伏見の運転する車が杉村を先導することになった。

道原は、ひずるの実家付近で、彼女についての聞き込みをする予定だったが、思いも寄らない男に出会った。

杉村がひずると恋人同士だったことから、昨年十二月の偽無線の事件と、彼女が殺害されたことを結びつけないわけにいかなくなった。

道原はときどきサイドミラーをのぞいた。杉村の白い乗用車は円い鏡に映っていた。

「あの男、恋人が死んだというのに、哀しそうな顔をしていなかったですね」

伏見もサイドミラーをちらっと見ていった。

道原もそう思ったものだ。なんだか義理で仕方なく葬儀場に現われたというふうに見えなくもなかった。

信州中野インターチェンジから上信越自動車道に乗り、ほぼ一時間半で豊科署に到着した。

空いている部屋がなかったから、取調室へ杉村を案内した。

彼は椅子《いす》に腰掛ける前に、

「ここは取調室ですね?」

と、せまい部屋を見回していった。初めての経験のようだった。

四賀課長が入ってきて、杉村をぎょろりと見てから出て行った。

「いろいろ伺いますが、知っていることがあったら、隠さずに教えてください」

道原はメモを前に置いていった。

「はい」

杉村の表情は硬かった。

「私たちがあなたを知ったのは、去年の十二月でした。北アルプスの槍沢で雪崩が発生し、四人パーティーの三人が行方不明になった。自分も雪に埋まって動けないという無線を発信した男が、あなたの名を使った。住所も正確だった。だが、そのときあなたは北海道へ出張中だった。のちに悪質ないたずらと分かりましたが、無線の発信者はいまだに不明です。あなたに直接会ってきいたが、名前を使われる心当たりはないということでしたね?」

「いまも同じです」

「今回、浮地ひずるさんが北アルプス登山中に殺された。彼女とあなたが恋人同士だと知ったので、もしかしたら、SOS無線発信の事件と、彼女の事件とは関係があるのではないかと考えたわけです。最近あなたは、危険な目に遭っていませんか?」

「去年の十二月、北海道で車ごと雪に突っ込んだこと以外にはありません」

「報道で知っているでしょうが、この署の管内でこういう事件が発生しました」

道原はいって、島崎潤也の事件を話した。

五月七日に豊科消防署に足骨と山靴の赤い紐《ひも》一本が東京から郵送されてきた。その足骨と靴紐は鑑定の結果、去年の七月、山行に出て行方不明になっていた島崎だと判明した。六月初めの捜索で、島崎の遺体を発見したが、精《くわ》しい検査で、彼は殺害されたことが分かった。

彼は月に三回ぐらい、浮地ひずるが勤めていた国安病院で夜勤のアルバイトをしていた事実が判明し、島崎事件とひずるの事件は関連があるのではないかとみるようになった。

「あなたは、島崎潤也という名に心当たりがありますか？」

「まったく知らない名前です」

「あなたの名を使って、偽無線を発信した人間と、浮地さんを山で殺した犯人は、あるいは同一人ではないでしょうか？」

道原は首を傾げて見せた。

「なぜでしょうか？」

杉村の目尻が動いた。恐怖感が湧いてきたのではないか。

「あなたと浮地さんが恋人同士だったからです。それを知っていた人間が、あなたを困らせてやろうとし、彼女を殺害した。殺害したということは、あなたと彼女に、ただならぬ恨みを抱いていたということです」

「そんな人間がいたとは、とても思えません」

「しかし、事件は現実に起きたんですよ。あなたと彼女が親しくしているので妨害してやろうといった程度の恨みではない。犯人にとっては許せなかった。犯行が発覚したら、どうなるか、正気なら分かっているはずです。それなのに人を殺した。それほど許せなかったということです。それほど恨まれていることが分からないなんて、信じられませんね」

「ほんとうです。私にはそんなに恨まれる覚えがないんです。私と彼女は、いろいろな障害を乗り越えたうえで付合うようになったのではありません。誰の邪魔も受けていません。恨んでいる人間の心当たりがあるはずだと、刑事さんはおっしゃいますが、ほんとうに思い当たるところはないんです」

彼は道原にだけでなく、伏見にも訴えるようにいった。

「じゃ、去年の十二月四日の午後からまる一日、車ごと雪の中に埋まっていたなんて、なぜ嘘をついているんですか。その空白の時間を証明しないかぎり、私たちはあなたのいうことを信用しない」

伏見が強い調子でいった。

杉村は眼を瞑《つむ》ると下を向いた。

6

杉村は四、五分のあいだ顔を伏せていたが、「じつは……」といって小さな声で去年の十二月四日のことを語り始めた。

「ある女性と一緒だったんです」

「なに、女と一緒……」

伏見が杉村の顔をにらんだ。

杉村は体裁悪そうに頭に手をやった。

「どういう女性ですか?」

道原がきいた。

「いまから二年ぐらい前に、旭川《あさひかわ》で知り合った人です」

「詳しく話してください」

「北海道へ出張するたびに寄っていた、旭川市のスナックの人です」

その店へ何度か行くうち、一年半ぐらい前に親しくなり関係を持つようになったのだという。

「去年の十二月の出張のときも、その人のいる店へ寄ったんですか？」

「十二月三日に網走出張所へ行くことになっていましたので、東京から連絡しておきました」

その女性とは十二月三日の夜、網走で会う約束をしておき、その夜は市内のホテルに一緒に泊まった。次の日、彼は出張所の車でウトロへ向かう途中、彼女を同乗させた。ウトロの近くで仕事がすんだころから吹雪が激しくなった。

彼は、雪に埋まって動けなくなったことにしようと考えた。そうすればまる一日ぐらい彼女と一緒にいられる。

二人は斜里町のホテルに入った。携帯電話の電源を切っておいた。

五日の昼過ぎまでホテルで過ごし、彼女を網走駅まで送った。そのあと彼は斜里町へ戻り、人家の少ないところの雪の捨て場を見つけ、そこへ車を突っ込んだ。すぐに窓から這《は》い出し、雪を掻《か》き分けて脱出した。いかにも二十四時間、雪に埋まっていたというふうに、雪だらけになって道路にすわり込んでいた。降りつづく雪の中を一台のトラックが走ってきた。彼はそれをとめて息もたえだえに事情を話した。運転していたのはウトロで海産物業を営む男だった。その人は病院へ彼を運んだ。

病院から彼は網走出張所へ電話を入れ、「死ぬかと思いました」といった。

「あなたは、不良だねえ」

道原は、顔を上げない杉村にいった。

杉村はずるそうに頭を掻いた。

「なぜ早くそれを話してくれなかったんですか？」

「もしも、ひずるさんに知られたらと思うと、どうしてもいえませんでした」

「ひずるさんという恋人がいたのに、べつの女性と二泊もするなんて、あなたも質《たち》が悪い。そういう人は、恋人を持つ資格がないんだよ」

ひずるは死んだ。だからこうして話す気になったのだろう。

「網走と斜里で一緒にいた女性の氏名をいいなさい」

「そ、それは勘弁してください」

「いえないということは、まだ隠していることがあるんだね？」

「いいえ。もうありません」

「どこのなんという人と、なんというホテルに泊まったかをいってくれないかぎり、いまのあなたの話を信用しないよ」

「彼女に問い合わせするんですね？」

「当たり前だ。いままで私たち、いや、会社にも嘘をついていたんだから」

伏見だ。

「会社にも知れるんですか?」

「それはあなた次第だ」

道原がいうと、杉村は、旭川市内のスナックの名と前田《まえだ》キリ子という女性の自宅の電話番号を、ポケットノートを見て答えた。彼女は二十六歳だという。

「会社には絶対に知れないようにお願いします。もし、知れたら……」

クビになるというのか。解雇されないまでもなんらかの懲罰は受けるだろう。それを知った同僚はなんというか。今後彼が実際に災害に遭って、連絡が取れない事態になったとしても、信用されないのではないか。彼は消すことのできない汚点を残してしまった。それが恐いから、会社にだけは知られないようにと、胸の中で手を合わせているのだろう。

道原は取調室を出ると、前田キリ子の自宅へ電話を入れた。「はい」と、かすれた声が応じた。杉村正記を知っているかときくと、知っていると答えた。

「杉村さんとは、どういう知り合いですか?」

「わたしが働いているお店のお客さんです」

「それだけではないでしょ?」

「それだけです。……杉村さんは、警察でなにか調べられているんですか?」

「そう。ある事件の参考人として」

「なにをやったんですか?」

「それはあとで本人にきいてください。……去年の十二月三日夜から五日の昼過ぎまで、あなたはどこかで誰かと会っていましたか?」

「去年の十二月……。そんなに前のことなんか覚えていません」

「彼は、わたしと会ったといっているんですか?」

「杉村さんは、十二月初め、杉村さんと会っていますか?」

「杉村さんは、十二月三日夜から五日の昼過ぎまで、あなたと一緒だったといっていますが、そういう事実はないというんですか?」

「わたしが彼といたといわないと、彼は困るんですか?」

「彼と一緒だったかどうかだけ答えてください」

「彼は去年の十二月は、お店にきていないと思います」

「店にはこないが、どこかで彼と会っていますか?」

「いいえ」

「ほんとうですね?」

「はい」

「杉村さんはなぜあなたと一緒だったといっているんでしょうね？」

「分かりません」

「彼は、あなたと一緒に網走と、ウトロの近くのホテルで過ごしたといっているんですよ」

「わたしは彼と、そんな関係じゃありません」

彼女は突き放すようないい方をした。

「あなたは杉村さんを、店のお客だといいましたね？」

「はい」

「彼には好感を持っていないんですね？」

「そうでもありません」

「あなたが、去年の十二月初め、彼と会っていないといっていることを、彼に伝えますよ」

「どうぞ」

前田キリ子は若いが、応答をきいていると世馴れている感じである。

道原は取調室へ戻った。

「前田キリ子さんとは、ほんとうに親しかったんですか？」

「どうしてでしょう?」

「いま、彼女にあなたのいったことをきいたら、去年の十二月は会っていないと答えた。念を押したが間違いないといった」

「そんな……。あのとき私が彼女と一緒だったのは事実です」

「じゃ、どうして彼女は否定したのかな?」

「分かりません」

「あなたのいっていることは信用できない。彼女のいうことのほうが正しいんじゃないのかな?」

「そんなことはありません」

「彼女以外に、あなたのアリバイを証明できる人がいますか?」

杉村は首を傾げた。眉間《みけん》には深い皺《しわ》が立っている。

「あなたと彼女が泊まったホテルはどこですか?」

「名前は覚えていません」

「十二月三日に泊まったホテルの領収書があるでしょ?」

「もらいませんでした」

「四日の分はべつとしても、三日の分は会社へ宿泊費を申告する必要があったのでは?」

「紛失したことにしました」

「どんなところに泊まったんですか？」

「二泊とも、ラブホテルでした」

「あなたと前田キリ子さんのあいだには、なにか揉めごとでもあったんじゃないですか？」

「いいえ」

「彼女のいい方をきいていると、あなたに好感を持っていないようだった。一緒に二泊もする仲とはとても思えないような答え方をしていましたよ」

道原は、前田キリ子に電話するようにといった。

杉村は考え込むように額に手を当てた。

道原が見るに杉村正記という男は、なにを考えているのかよく分からない。

浮地ひずると恋人同士だったのに、出張先でべつの女性とホテルに泊まり、天候の悪条件を利用して動けなくなったといって、女性とホテルに入り、二十四時間以上過ごしたといっている。ひずるは登山中に殺された。その葬儀に参列したが、哀しそうな顔もしていなかった。

伏見は、去年の十二月四日から五日の所在が証明されないかぎり帰さないと強い調子でいった。

杉村はしかたなさそうに、前田キリ子の自宅へ電話を掛けた。

道原と伏見は、杉村をはさむようにして椅子に腰掛けた。

「キリ子さん。ぼく、杉村です」

彼は呼びかけた。親しげである。

「あの日、去年の十二月四日、すごく雪の降った日……」

彼はそういったが、前田キリ子に電話を切られてしまった。彼は肩を落として受話器を置いた。

「あなたは彼女から嫌われているようだ。そういう人をアリバイ工作に使ってもうまくはいかないだろうね」

道原はいった。

「彼女は、なぜ刑事さんの問い合わせに嘘をいったり、私の電話に応えないんだろう?」

取調室へ戻ると、杉村は頭を抱えた。

道原は四賀課長と話し合い、念のために旭川市の警察に、前田キリ子の去年の十二月三日から五日の行動を確認してもらうことにした。

すっかり消沈した杉村を帰すことにした。事件に直接関係のない彼をいつまでも留め置く理由がないからだった。

道原はあらためて杉村に釘《くぎ》を刺した。

「あなたは、偽無線の発信人に名前を使われた人だということを忘れないでもらいたい。それと、登山中に殺された浮地ひずるさんと親しかった。あなたが浮地さんと親しかったことから、偽無線の事件と彼女が殺害されたこととは、無関係ではないような気がします。ひょっとすると、あなたも何者かから命を狙われていないともかぎらない。それを防ぐ意味からも、隠していることがあったら話してください。それから思い出したことがあったら、連絡してください」

杉村はうなずいた。ここへきたときとは打って変わって病人のような顔色になっていた。前田キリ子に電話を切られてしまったことが、よほどショックだったのだろうか。

五章　水田の惨劇

1

旭川の警察から前田キリ子に関しての回答があった。

刑事が直接自宅を訪ねてききだしたことだった。

キリ子は北海道北見《きたみ》市の出身で二十六歳。高校を卒《お》えると旭川市の企業に就職したが、一年間勤務して退職し、スナックに勤めるようになった。サービス業が自分に合っていそうだったから転職したのだという。

東京の杉村正記と知り合ったのは一昨年の夏だった。彼は菱友物産・旭川出張所の人たちと一緒に彼女のいるスナックへ飲みにきた。彼は旭川に三日ほどいたが、その間、一緒に食事した。スナックへは二回やってきた。

その後、一か月おきぐらいに彼は出張できては彼女のいる店へやってきた。

彼と彼女が肉体関係を持ったのは、知り合って半年ほどしてからだった。

彼は東京へ帰ると、彼女の自宅へ電話をくれたし、スカーフやアクセサリーを贈ってくれた。

去年の四月、土曜と日曜を利用して彼のすすめで彼女は上京し、都内のホテルに二泊した。その間、東京ディズニーランドなどに行き、ずっと彼と一緒だった。

彼はホテルで、「君と一緒になりたい」といった。

「結婚するっていうこと？」彼女はきき直した。

「勿論だ」と彼は力強く答えた。

「そんなの、無理よ。あなたは有名会社のエリート社員、わたしはスナックのホステスよ。ぜんぜん、釣り合いがとれないじゃない。そんな話をあなたがご両親にしたら、頭から反対するわ。そんな女と付合っているんなら、すぐに別れろっていうに決まってる」キリ子は内心嬉《うれ》しかったがそういった。

しかし彼は、「君との結婚を真剣に考えている」というのだった。

彼が北海道へ出張でくるたびにホテルへ一緒に泊まった。店を休んで札幌市内のホテルで過ごしたこともあった。

去年の十二月三日に網走へ行くから会いたいと彼は連絡してきた。彼女は出掛け、その夜は網走市内のホテルに泊まった。翌四日の昼ごろ、彼は彼女が待つホテルへやってきた。ウトロの近くまで仕事で行くというから彼の運転する乗用車に乗った。

途中で吹雪になった。それでも彼は仕事を終えた。帰りは猛吹雪になり、前が見えないくらいだった。

しばらく車をとめていたが、彼はいいことを思いついたといい、雪が小やみになった間にラブホテルを見つけ、そこに入った。「猛烈な吹雪で動けなくなってしまったといえば、網走出張所は信用する。網走だって吹雪なんだから」と彼はいい、翌日の昼過ぎまでそのホテルで、食事したり、カラオケをやったりして過ごした。

「わたしと結婚するという気持ちは変わっていない?」キリ子はベッドできいた。

「変わるものか。ずっとそう思っている」彼は答えた。

五日になっても雪はやまなかった。彼は網走駅まで彼女を送った。そのときの別れは辛かった。「帰りたくない」といって、彼の胸にしがみついていればよかったと、走り始めた列車の中で後悔した。

その後、彼と会えたのは今年の四月だった。札幌市内のホテルに呼ばれた。そこに二泊した。このときも彼の気持ちを確認した。北海道へ出張してくるたびにキリ子を抱きたいから、「結婚」を口にしては関係をつないでいようとしているのではないか、という疑惑が彼女にはあった。彼女には彼の生活が見えていなかった。だから彼が会うたびに口にする「結婚」を信じてよいものかと迷うのだった。それだけ彼女は彼を好きになっていたのである。

キリ子は札幌にいる友人に杉村のことを話した。結婚を焦っているわけではないが、彼を信じてよいかを確認する手立てはないものかを相談したのだった。

彼女の話をきいた友人は、杉村正記の身辺をそっと調べてみてはどうかとアドバイスした。つまり東京の探偵社に杉村の素行調査を依頼してみてはというのだった。

友人は東京に本社のある探偵社の支社長と知り合いだという。キリ子は調査料の見積りを頼んだ。高いとは思ったが、払えない金額ではなかったし、将来のことを考えると、それぐらいの投資はしかたないと思い、調査を依頼した。

杉村に対する素行調査の結果は、三週間ぐらいして報告された。キリ子は探偵社の調査報告書というものを初めて手に取った。読むのが恐い気さえした。

まず、杉村の経歴があった。これは彼からきいていたとおりだった。有名私大を出て、すぐに菱友物産に採用されていた。

次に家族の経歴と職業が列記されていた。両親と妹のことだったが、これも彼からきいていたこととほぼ合っていた。キリ子の家族とはかけ離れているように思われ、杉村の家族がそろって彼女を拒否しているように受け取れるのだった。

杉村家の資産も載っていた。有価証券や預貯金の額については不明だが、自宅の土地と建物の評価額の推定が書いてあった。現在は父親の名義だが、やがて長男である正記の名義になるのではないかと思った。

同僚と友人は彼のことを、「温和で明朗。協調性もあって多くから好かれるタイプ」と評していた。

最後が素行についてだった。杉村の十日間の行動を詳細に記録してあった。その記述の中にキリ子の胸に穴があくような部分があった。

彼には交際中の女性がいるというくだりである。この調査中に杉村は、土曜と日曜を利用して長野県松本市へ旅行した。それは観光旅行ではなかった。若い女性に会うためであったことが判明した。

五月某日、杉村は昼ごろ新宿発松本行の特急を終点で降り、松本駅近くの山小屋風の喫茶店に入った。小一時間すると二十七、八歳のわりに長身の女性が現われた。二人はテーブルをはさんで向かい合うと、テーブルの上で手を握り合った。

十五分ぐらいで喫茶店を出ると、すぐ近くのレストランに入って昼食を摂った。約一時間後、二人はタクシーに乗って約二十分走り、ラブホテルに入った。

二人は午後六時半ごろそのホテルを出てくると、松本城の濠《ほり》に沿って手をつないで歩いた。十五分ほど歩いたところで鉄板焼きと書かれたレストランに入った。その店を二時間後に出てくると、自動販売機で缶ビールを買い、女性が手提げ袋に入れた。

二人は腕を組んだ。松本城に沿って二十分以上歩き、夕方までいたのとはべつのラブホテルに入った。

二人は翌日の午前十時にホテルを出、タクシーで松本駅に向かった。女性が東京へ帰る杉村を送るのだった。二人は改札口で別れた。

調査員は女性を尾行した。彼女は駅前からバスに乗った。

女性の住所と氏名が判明した。浮地ひずる（二十八歳）で、彼女は市内の国安病院に看護婦として勤務中であることを確認した。彼女と杉村がいつから交際しているかを知るためには、同病院の同僚に当たらねばならない。これをすると彼女に調査が知れることを考慮し、勤務先の確認のみにとどめた——

この調査報告書を読んで、キリ子の心は暗闇に包まれた気分になった。すぐにも杉村に電話し、「わたしをだましつづけていたのね」といいたかったが、彼女ははやる気持ちを押えた。

杉村とはもう会わないことを決め、彼への怨《うら》みを晴らす機会が訪れるのを待つことにした。そういう機会がやってきそうもなく、自分の気がいつまでも治まらなかったら、だまされた仕返しを考えることにした。

キリ子はいまも杉村が憎くてならない。そこへ思いがけず、長野県豊科警察署の刑事から電話が入った。去年の十二月三日から五日までの間、杉村と一緒だったかときかれた。瞬間的に、杉村がなにかの事件にかかわったことを察知し、その事実はないと嘘《うそ》をついた。刑事に嘘をつくのは恐かったが、杉村を困らせるには絶好の機会だろうと思った。

杉村から電話が掛かった。案の定彼は、「去年の十二月四日、すごく雪の降った日……」といいかけた。一緒にいたことを証明してくれというのだということが分かったので、彼女はろくな応答もせずに一方的に電話を切ってしまった。

彼は彼女が素行調査を探偵社に頼み、その結果、彼が浮地ひずるという看護婦と交際している事実を摑《つか》んでしまったことは知らないだろう。だから彼は、キリ子がなぜ刑事の質問に正直に答えなかったのか解《げ》せないはずだ。彼がどんな事件に関係したのか分からないが、去年の十二月三日から五日までキリ子と一緒だったことが証明されないと、警察に持たれた疑いが晴れないに違いないと思った。

去年の十二月三日から五日の杉村のアリバイ証明は重要なのだろう。彼は彼女と一緒にいたいから、吹雪を利用して仕事をサボったが、じつはべつの理由があって、彼女とホテルで過ごしたのではないかと思い、身震いした。

彼とはどんなことがあっても、もう会わないことにしよう。杉村という男は自分をだましただけでなく、危険な背景を持っているのではないか――

旭川市の警察からこの報告を受けると道原は、去る七月六日、キリ子がどこにいたかを確かめてもらいたいと、あらためて依頼した。

2

旭川市の警察から再度回答があった。

七月六日、前田キリ子は平常どおりスナックに出ていた。その前後の日についても確認したが、店を休んでいなかったということだ。

キリ子は探偵社に杉村の素行調査を依頼し、彼が浮地ひずると交際している事実を掴んだ。彼はキリ子と会うたびに「結婚」を口にした。初めのうちはその言葉を鵜呑《うの》みにはしなかったが、何度もいわれているうち、彼は本気で彼女との結婚を考えていると思うようになった。それでも信用できなくて、探偵社に調査を頼んだ。その調査によって、彼の言葉は信用できないと思い込み、彼を恨み始めた。あるいは彼との結婚を現実のものにしたいがため、恋人の浮地ひずるをこの世から葬《ほうむ》り去ることを計画したのではないかと、道原はにらんだのだった。

だが、旭川市の警察の報告によると、キリ子には登山経験はないし、浮地ひずるが北アルプスで殺害された日、彼女はいつもどおりスナックに出勤していた。

七月六日の朝、北アルプスの穂高で登山中のひずるを蹴落として殺害し、その日の夕方、旭川に戻ることはとうてい不可能である。

キリ子はかねてから杉村を困らせる手段を考えていたとしても、ひずるを殺した犯人でないことは明白になった。

旭川市の警察からの報告をきいたあと道原は、キリ子の自宅に電話した。

きょうの彼女の応答は、この前と異なっていた。去年の十二月初め、杉村と過ごしたことを白状したあとだからだろう。

道原は彼女に、浮地ひずるが山で死亡したことを知っているかときいた。

「死亡した……。知りませんでした。遭難したんですか？」

「北海道の新聞にも載ったし、テレビニュースでも報道したはずです」

「そうですか。新聞は取っていませんし、ニュースは観ないものですから」

「浮地さんは、長野県の北アルプスで何者かに突き落とされて亡くなりました」

「殺された……」

彼女は絶句した。この前の電話では、なんとなくスレた女性という感じがしたが、きょうの彼女は、警察官のたびたびの訪問や問い合わせに怯《おび》えているようだった。

「杉村さんが、浮地さんが殺された事件に関係でもしているんですか？」

「そうではありません。杉村さんと浮地さんは、恋人同士というだけでした」

恋人同士という言葉が、キリ子には気にさわったのではないだろうか。

「だが、杉村さんには隠していることが多いような気がします。彼はあなたとの関係もなかなか話さなかったし、まだまだ隠していることがあるんじゃないかと疑っています。あなたは彼から、意外なこととか、びっくりするような話をきいたことはありませんか？」

「意外といえば、彼がわたしと結婚したいといったことです。わたしと結婚できるわけがないといっても、『多少の障害はあるだろうが、二人なら乗り越えられないことではない』といっていました。いまになって振り返れば、わたしと二人きりで会っていたいばかりに、そんなことをいいつづけていたんです。そのほかには、びっくりするような話をきいた覚えはありません」

キリ子の話をきいていて、ふと島崎潤也を思い出した。彼は三浦喜久子の耳に「結婚」

と繰り返しきかせていた。そのあと知り合って親しくなった丸川亮子と喜久子の二人と同時に交際していた期間があった。人妻の最上霜子とも親密になり、霜子と夫が別居する原因をつくった。

　島崎と杉村には女性に対して節操がないという共通点があるのだろう。

「あなたはいまも、杉村さんを恨んでいますか？」

　道原はきいてみた。

「少しも恨んでいないといったら嘘になりますが、もう諦《あきら》めることにしました。彼の話を本気にしたわたしが世間知らずだったんです。彼の本性を早く知ってよかったと思っています」

　杉村は同時に二人の女性を失ったことになった。

　豊科署の捜査本部は、浮地ひずるが殺された日の前後、事件現場近くの山小屋に宿泊した登山者の洗い出しをつづけている。殊に単独行の者の身辺を重点的に調べているのだが、いまのところひずるとなんらかのかたちで接触のあった者は浮上していない。

　道原と伏見は、ひずるの生家のある山ノ内町へ出掛け、彼女の同級生だった人たちや、幼友だちなどにも当たって、彼女が殺される原因になるものがないかを捜査した。

だがここでも、有力な手がかりになる情報を拾うことはできなかった。ひずるの松本市内の住所から、アドレスノートを見つけだし、受け取った手紙類も見つかった。捜査員はその人たちにも片っ端から当たったし、少しでも怪しい点がある者については、彼女が殺された日のアリバイを確認した。

この捜査でも手応えは得られなかった。

島崎潤也事件同様、ひずるの事件の捜査も暗礁《あんしょう》に乗り上げた恰好《かっこう》になった。

七月六日とその前後に穂高の山小屋に宿泊した人たちの身辺捜査も終了した。

捜査員は、前に当たった人たちを再度訪ねては、島崎やひずるに関することをきいて回る以外やることがなくなった。

毎日、捜査会議は開かれたが、新しい情報の交換はなかった。

捜査本部の空気は沈滞した。県警本部からやってきた捜査員の半数以上が引き揚げ、規模は縮小された。

島崎についていえば、彼は一年あまり前に単独山行を狙われて殺害され、森林内に埋められた。今年の五月になって、犯人はその遺体から右の足骨《そっこつ》と、山靴《ぐつ》から紐《ひも》を一本抜いて箱に詰め、消防署に送りつけた。彼に対して深い恨みを持っている者の犯行にみえる。

これだけの恨みを持っている者がいたのに、彼の身辺から疑わしい人間が浮かび上がらない。

捜査員の中からは、怨恨が原因でなく、異常者の犯行ではないかという意見が出始めた。捜査本部はその意見を採用し、過去に通り魔的犯行をした者や、レイプなどの性的犯行をした者について、身辺捜査をすることにし、隣接署に同様事件に関与した者の最近の行動を洗うよう通達した。

この捜査中の八月三日の深夜、穂高町の牧《まき》という家から、「農作業に出た主人が帰宅しない」という通報が交番を通じて豊科署に入った。

消息が分からなくなったのは、牧哲治《てつはる》といって三十五歳。彼は同日午後四時ごろ、自宅から直線にして約五〇〇メートル離れた水田の畦《あぜ》に伸びた雑草を刈るといって、鎌と砥石《といし》を持って出掛けた。夕食の七時前には帰ることになっていたのに、八時過ぎになっても帰宅しない。とうに日は暮れた。

胸騒ぎを覚えた妻が、小学生の長男を連れて田んぼを見に行った。彼の姿は見えなかった。畦の草を刈り終えることはできなかったとみえ、半分ぐらいが残っていた。

妻は自宅に戻ると、夫の友だちの二人の家に電話した。他家に寄っていれば電話がきそうなものだった。彼女は夫が寄っていないかを尋ねた。二軒とも答えは同じで、哲治はきていないといった。

十時近くになっても、哲治からはなんの連絡もない。友だち二人が心配して牧家へ現われた。哲治の妻から話をきいた二人の友だちは、ライトを持って水田を見に行った。しかし彼の姿は発見できなかった。

そこで相談して、交番に連絡した。巡査が牧家へ駆けつけて事情をきいた。農作業から帰宅する途中、発病して倒れたということも考えられたが、巡査は本署に牧哲治の行方不明を連絡した。

本署からは地域課員が三人パトカーで牧家へ急行した。が、深夜のことで捜索不可能とみて、引き揚げた。

捜索は翌早朝から、消防署員や近所の人にも協力を頼んで始められることになった。

3

八月四日の朝になっても、牧哲治は帰宅しないし、連絡もなかった。

草刈りに行った水田からの帰宅途中、発病したか事件に巻き込まれた可能性もあるということで、自宅と水田の約五〇〇メートルの間を重点的に捜索することになった。自宅と彼が草刈りに行った水田の間は農道で結ばれている。農道の両側はほとんど水田で、緑の稲穂が微風に揺れていた。

道原は署へ出勤してすぐに、牧哲治の行方不明をきいた。道原の自宅も穂高町にある。人ごととは思えなかった。

自宅からそう遠くない田んぼへ草刈りに行った人が、一晩中帰宅しないというのは、ただごとではなかった。

牧は三十五歳だ。たとえ発病したとしても、人間はそう簡単に死ぬものではない。道原は不吉な予感がして、伏見に車を運転させ牧家へ向かった。

常念岳の頂稜に白い雲がかかっているが、強風のせいか、それがちぎれては飛んでいくようすがよく見えた。

村道の角には道祖神があった。ハイカーがその横に立っては写真を撮《と》る場所である。底の透けて見える小川があり、小さな橋の上から魚の群を見下ろす人もいる。

道原は橋の上で車を降りた。緑の水田の中に捜索の人たちが四、五十人いるのが見えた。そこの右手の白壁の家が牧家だった。

道原は農道を歩いた。捜索する人たちに挨拶《あいさつ》しながら牧家に入った。この辺の平均的な農家の造りだった。家を取り巻くように車が何台もとまっていた。

庭に茶色い犬がいて、道原の姿を見ると尻尾をまるめて小屋へもぐり込んだ。

哲治の妻が出てきた。彼女は蒼《あお》い顔をし、髪は乱れていた。おそらく昨夜は一睡もできなかったのではないか。

妻は咲子《さきこ》といって三十二歳。子供は二人で、七歳の男の子と五歳の女の子だった。哲治の両親も同居しており、七歳の長男とともに捜索に加わっているという。

哲治は家業に従事しているのかと思ったら、穂高町のアルプス病院に事務局員として勤務しているのだという。

彼はきのう、宿直明けだった。午前十時ごろ帰宅すると食事をし、三時間ほど寝《やす》んだ。宿直明けの日の習慣だった。何日か前から、田の畦の草が伸びたから刈るといっていた。午後四時ごろ、少し涼《すず》しくなったから草刈りに行くといって、鎌と砥石を持ち、自転車で出掛けた。

彼の服装は、白いTシャツの上にチェックの長袖シャツを着、ブルージーンズのズボンに、白いスニーカー、白いキャップをかぶって行ったという。

自転車は昨夜のうちに発見され、自宅へ引いてきたといって庭に置いてあった。発見されたのは草刈りをした水田のすぐ近くで、畦道に倒れていたという。

道原と伏見は、捜索の人たちに加わった。哲治が持っていた鎌も砥石も発見されていなかった。

道原たちが捜索に加わって約一時間後、ホイッスルが鳴った。あちこちで呼び声が上がった。水田の畦に散っていた人たちが、手を挙げている人たちのところへ走った。どうやらなにかが発見されたらしかった。

道原と伏見も駆けつけた。顔見知りの警官が何人もいて、敬礼した。

「牧さんと思われる男の人が発見されました」

警官の一人がいった。

そこは広い水田の中央部だった。田の中には長靴を履いた男たちが立っていた。

署へ通報した。発見された男は死亡しているという。道原がいるところからは見えなかった。

「服装は？」

水田の中に倒れている男を見たという警官にきいた。

「チェックのシャツにジーパンです」

発見のきっかけは、畦の近くの稲が押し倒されたようになっているのを見て不審を抱いたのだという。そこで何人かがその田んぼに入り、畝《うね》を分けてさがした結果だった。

豊科署から鑑識係が到着し、畝を分けて田んぼの中央部へ進んだ。

十数分後、稲穂の中に鑑識係の手が挙がった。道原と伏見は若い警官から長靴を借り、田んぼに入った。

　男は畝に沿って仰向けに倒れていた。全身泥だらけで、人相もよく分からなかった。靴も泥に汚れているが、白いスニーカーだということが分かった。

　やがて男の遺体は畦へ運び出された。そこには検視医が待機していた。死亡を確認した。

　風がはたとやんだ。八月の太陽がジリジリと照りつけた。

　捜索に加わっていた哲治の父親が遺体に対面することになった。警官が田の水でタオルを絞り、遺体の顔を丁寧に拭《ぬぐ》った。

　父親は膝《ひざ》を折った。草の上に両手を突いた。遺体に向かって謝っているような恰好だった。警官に質問されたらしく、彼は何度かうなずいた。涙をこぼしているのが道原のいるところから見えた。

「牧哲治さんに間違いないそうです」

　父親に質問していた警官が道原にいった。

　遺体と父親を取り囲んだ人たちのうちの何人かも、崩れるように畦に膝を突いた。すわり込む人たちもいた。男たちがすすり泣いた。

　七歳の息子の姿が見えなかった。近所の人が父親の無残な姿を見せまいとして、家へ連れて行ったのではないか。

遺体が発見された田んぼは牧家の所有ではなかった。現場は、哲治が草を刈っていた場所から一〇〇メートルあまり自宅に寄っている。

哲治の妻の咲子が、男たちに支えられるようにしてやってきた。遺体に近づいた彼女はよろけるように草の上に膝を突くと、夫の腕を摑んだ。その姿は倒れた夫を引き起こそうとしているようだった。

周りではまたすすり泣きが起こった。

哲治の遺体は松本市内のS大学法医学教室へ運ばれることになった。死因を検《しら》べるため解剖されるのだ。

遺体が搬送されたあと、約半数に減った人たちが、哲治の持っていた鎌や砥石や帽子をさがすために、緑の稲田に入った。他殺の疑いが持てるから警官は遺留品をさがしに畦や農道を這《は》っている。

そよ風が通って、稲田が波打った。常念岳の頂稜から白い雲が消え去っていた。東の空に積乱雲が盛り上がり始めた。

牧哲治の変死を重視した豊科署は、捜査会議を開いた。

彼は草刈りをしていた自分の家の水田の畦から、約一〇〇メートル自宅に寄った他家の水田の中央部で、遺体となって発見された。

彼は畦の草をすべて刈り終えることはできなかったが、夕食の時間が迫ったので、作業を終らせたのではないか。それで農道にとめておいた自転車のほうへ歩いた。他家の田んぼへ無断で入ることは考えられない。ひょっとしたら誰かに呼ばれたのではないか。呼んだ人間によって殺害されたような気もする。

もしも水田の中央部へ呼ばれ、そこで殺害されたのだとしたら、死んでいた周辺に争ったような跡が残っていなくてはならない。それなのに彼は畝に沿って倒れていた。そのことから、彼は農道か畦で殺され、犯人によって水田の中央部まで引きずり込まれた可能性が高いということになった。

彼の自転車は草の上に倒れていたという。彼が倒しておいたのか、風で倒れたのか、これは分からない。自転車に乗ろうとしたところを襲われたという見方もできる。

彼は草刈り鎌と砥石を持っていたが、これはいまだに発見されない。何者かに襲われ、争ううち、水田に落ちて泥にもぐってしまったか、犯人が近くの水田へ投げ込んだということも考えられる。

「他殺《コロシ》は間違いないですか？」

署長が、現場を見てきた道原らにきいた。

「他殺以外には考えられません」

道原が答えた。

刃物によって切られたり刺されたらしい痕跡は見当たらなかったし、首を絞められた痕もなかったから、おそらく腹や背中を強打されているのではないか。

「医療機関にたずさわる人が、また被害に遭った」

四賀課長がいった。

島崎潤也は医師、浮地ひずるは看護婦、そして牧哲治は病院職員だ。これは偶然だろうか。それとも医療機関に対して恨みでも抱いている者の犯行か。恨みを抱いている者の犯行だとしたら、犯人はおそらく同一人物だろう。

島崎潤也は松本市内の依田病院に勤務していた。浮地ひずるは松本市内の国安病院に勤めていた。牧哲治は穂高町のアルプス病院勤務だった。

だが島崎は、国安病院へ夜勤のみの宿直医としてアルバイトしていた。ひずると関係があるとすれば、島崎とひずるは接触する機会があったということである。では牧はどうだったのか。

会議が終ると、道原と伏見は、アルプス病院へ向かった。同病院は十年ほど前、豊科町から現在地へ移転したのだった。豊科町にあったころより規模は大きくなり、従業員数も増加した。

4

事務長が応対した。五十半《なか》ばの体格のよい男だった。彼は牧哲治の死亡を知っていた。一時間あまり前、牧の親戚の人から電話で知らせを受け、驚いたという。

牧はアルプス病院が豊科町にあるころに就職し、総務課に所属していた。健康であり、欠勤はほとんどなく真面目な職員だったという。

彼は同病院に就職すると野球部創設を提案し、予算を取ってチームをつくった。五、六年前から監督になり選手を兼ねている。

「解剖の結果を待たないと、断定はできませんが、他殺の線が濃厚です」

道原はいった。

「えっ。殺された……」

事務長は口を開けた。

道原は、牧が遺体で発見された場所を話した。殺されたときいて、なにか心当たりはないかときくと、牧の直属上司の総務課長を応接室へ呼んだ。

他殺らしいときいて、五十歳見当の総務課長も顔色を変えた。

「牧はトラブルに巻き込まれるような男ではありません」

総務課長は答えた。

道原は、島崎潤也と浮地ひずるの事件を話した。

事務長も総務課長も、その事件なら知っているといった。

「医療機関に勤める人が相次いで三人も被害に遭っていますが、どう思われますか？」

「そういえば……」

病院の二人は顔を見合わせた。

牧は、島崎やひずるとなんらかで接触があっただろうかときいた。

「牧は他の医療機関の人たちと仕事上で接触する仕事はしていません。顔を合わせることがあったとしたら、野球を通じてではないでしょうか？」

「ここの周辺で野球チームを持っている病院はありますか？」

「豊科赤十字病院、信大病院、松本病院、国安病院、それから松本のリハビリテーションセンターにあります」

「こちらのチームと試合をしたことはあるでしょうか？」

「それはあると思います」

総務課長は野球部のマネージャーをつとめている職員を呼んだ。三十を二つ三つ過ぎたと思われるメガネの男が現われた。「佐野《さの》」という名札を胸につけていた。

彼は牧の死亡を知らなかった。総務課長からそれをきくと、佐野は見る見る涙をためた。しばらく話ができなかった。

アルプス病院の野球チームは、さっき総務課長が挙げた周辺の病院チームと何度も対戦していることが佐野の話で分かった。

島崎が野球をやるという話はきいていなかったので、彼が勤めていた依田病院に問い合わせた。依田病院にはチームはないし、島崎が野球をやるという話はついぞきいたことがないという回答だった。

自宅に電話した。母親のしず子が応じた。潤也は野球をやっていたかときくと、スポーツはスキーと登山。中学、高校のころテニスをやっていたことがあったが、大学に進むとやめてしまった。野球観戦はしたことがあったろうが、プレーはしなかったという。

次に国安病院に電話し、アルバイト勤務だった島崎が野球チームに入るか、臨時の選手として試合に出たことがあったかをきいた。電話は二回取り継がれ、同病院チームのマネージャーである薬局の職員に回されたが、島崎が出場したことはないといわれた。念のために、浮地ひずるは野球をやっていたかときいた。選手として出なくても、チームの応援に行くことも考えられたが、彼女が選手でないことは分かった。ひずるの同僚の関沢千秋にも問い合わせたが、ひずるから野球の話はきいたことがないという。

道原がこの問い合わせをしている間に、応接室には牧の同僚が二人呼ばれてきていた。七人で、島崎とひずると牧がどうつながるかを考えた。が、仕事上ではまったく無関係ということになった。野球でも関係がない。

「牧さんは、登山をしましたか?」

伏見が思いついたというようにきいた。

「登山はしなかったと思いますが……」

佐野が自信なさそうにいって、二人の同僚の顔にきいた。二人とも顔を横に振った。きいたことがないというのだった。

島崎とひずるは山好きだった。牧が山をやったことがないとすると、この線で接触したことも考えられなくなった。

しかし道原は念を入れるため、アルプス病院を出ると、牧の自宅周辺で親しい人をさがした。

牧家は何代もつづいている農家だから、哲治の幼友だちは何人もいた。そのうちの半数以上が、昨夜からきょうにかけて、彼の捜索に加わっていたのだった。

幼友だちに会うと、哲治が登山をしたことがあるかをきいた。

「中学三年のとき、先生の引率で蝶ヶ岳へ登ったことがありました」

同級生の一人が答えた。

「それ以後、登ったことはないでしょうか？」

「きいたことがありません」

その同級生は、友人のなかに山好きの男がいるから、問い合わせてみようといって、松本市内の勤務先に電話を掛けた。

電話で、牧が水田で死亡していたことを伝えた。相手はそれをきいて絶句したらしく、しばらく会話が中断した。

どうやら牧は中学のとき教師に引率されて蝶へ登った以外、登山はしていなかったようだった。

牧家の前にも横にも車が何台もとまっていた。哲治の死亡をきいて駆けつけた人たちが何人もいることを物語っていた。

哲治の弟の周次《しゆうじ》に会った。彼は豊科町の自動車整備工場に勤めていた。哲治の兄弟は彼だけだった。

「兄は登山はしていません」

周次は断言した。

周次も野球好きだという。

哲治はアルプス病院で野球チームをつくると、周辺の医療機関だけでなく、企業や商店会や、市町村役場のチームと対戦し、穂高町の少年野球チームのコーチをしていたことも分かった。積雪期以外は野球三昧の日々を送っていたという。

豊科署では午後七時から講堂において捜査会議が開かれた。島崎潤也事件と浮地ひずる事件の捜査を担当している者も集められた。

この席で、牧哲治の変死が報告された。自殺も事故死も考えられないことから、他殺の可能性がきわめて濃厚だと、四賀課長が説明した。

今夜十時ごろには牧の遺体の解剖結果が発表されることになっている。他殺と断定された場合、同署は三件の殺人事件の捜査を抱えることになる。前代未聞で最悪の事態だ。

そこで署長と課長は、全員に三件の殺人事件捜査に当たる心構えと熱意の奮起を促した。

捜査会議が終ると、大半の捜査員が帰宅の途についた。

二件の殺人事件捜査で全員はクタクタに疲れている。五月七日、豊科消防署へ足骨と山靴の紐が送りつけられて以来、一日も休んでいない者がほとんどである。

そこへもってきて、あらたに殺人事件が発生し、捜査が進展しないとなったら、今年中は休めないのではないかと考えた者もいるだろう。事件漬けの彼らはうんざりしているのだった。

道原と伏見は居残った。

伏見がコーヒーを淹《い》れに立ったところへ、涸沢にいる小室から電話が入った。

「ラジオで、穂高町の牧哲治が遺体で発見されたというニュースをききました」

といった。

「小室君は、牧を知っていたのかね？」

「友だちの紹介で知り合って、何回か一杯やった仲です。他殺の疑いもあるということですが、ほんとですか？」

「田んぼの畦の草刈りに行ったきり、ゆうべ帰宅しなかった」

道原は牧が遺体で発見された水田のもようを話した。

「そうですか。いったいなにがあったんでしょうね。明るくて、酒を飲むと大きな声で歌をうたう男でした。友だちは多そうでしたよ」

「そうらしいねえ。勤務先や自宅の近くで聞き込みをしたが、評判のいい男だった」

「前の二件と関連があるんでしょうか？」

島崎とひずるの事件のことを、小室はいっているのだ。

「いまのところ分からない。今夜、解剖結果が出るんで、それを待っているんだ」

「他殺と決まったら、刑事課は大変ですね」

あすは県警本部から捜査一課長が、いったん引き揚げた捜査員を引きつれてくるだろう。強行犯専門の管理官もやってきて、あらためて捜査指揮をとることになる。近隣署にも応援を求めて、捜査員だけでも百名を超えるのではなかろうか。

午後十時、S大学法医学教室からのファックスが入った。牧哲治の遺体解剖結果の発表である。

それは道原が想像したとおりで、牧は棒状の凶器によって、肩、腹部、背中を十数回殴打されたのが死因だった。死亡推定時刻は、八月三日午後七時から九時ごろの間。死亡後、水田に引きずり込まれたものと推定された。

道原はすぐに四賀課長の自宅に電話を入れ、解剖結果を伝えた。

「撲殺か。恨みによる犯行という見方ができるな。……伝さん、あしたからまた忙しくなる。早く帰って、今夜はゆっくり寝んだほうがいい」

課長はいったが、たぶん今夜は眠れないだろう。予期してはいたが、ついに三件の殺人事件を抱えてしまった。三件とも同一犯人のしわざかどうかは不明だ。それぞれの事件の犯人はべつかもしれない。その一件でも解決させなかったら、課長は責任を取らねばならないだろう。

伏見の運転する車で中庭を出ると、男が一人、車の進路に立ちはだかった。

「誰だ？」

伏見が窓を下ろした。

男は窓に寄ってきた。地元新聞社の記者だった。道原も伏見もよく顔を知っている男である。

記者は牧哲治の解剖結果をききたくて待機していたらしい。

「発表はあしたの朝だ」

道原はいった。

「ほんとでしょうね？」

記者は食い下がったが、伏見は車を出した。

5

八月五日。けさの空はいまにも泣きだしそうな色をしていた。風がなく蒸《む》し暑い。

道原と伏見は、牧家へ寄った。

哲治の弟の周次が出てきた。彼は勤務を休んでいるのだろう。

つづいて哲治の妻の咲子が疲れきった顔で出てきた。彼女はきのうと同じ物を着ていた。

道原らは座敷に通された。

そこには哲治の父親もいた。母親は寝込んでしまったという。

道原は正座して、昨夜発表された哲治の解剖結果を話し、あらためて悔みを述べた。

「殺された……」

道原の説明をきいて、父親がつぶやいた。

咲子は頭を振った。信じられないというのだろう。

周次は首を垂れた。

「哲治さんは、草刈り作業を切り上げて、帰ろうとしたのでしょう。自転車に乗りかけたところを、誰かに呼びとめられたことが考えられます」

日は暮れて辺りは暗くなっていた。彼は呼びとめた人間がどこの誰かを認めただろうか。怨恨の線が考えられると道原は話した。

家族に心当たりを考えさせるためだった。

「兄は棒状の物で殴られたということですか、どんな棒なのか見当はついているんですか？」

周次がきいた。

「野球のバットの可能性があります」

「バット……」

周次は瞳を動かした。哲治が勤務先の病院に野球チームをつくり、現在その監督をつとめ、町の少年野球のコーチをしていることを思い浮かべたのではないか。

捜査には全力を尽すが、今後参考のために事情をきくことがあると思う。そのときは協力してもらいたいと道原はいうと、膝を立てた。

父親は立ち上がれないようだった。咲子と周次が玄関まで刑事を送った。

「奥さん。辛いでしょうが、お子さんのためにも気をしっかり持っていてください」

道原が、咲子の肩に手を掛けるようにしていうと、板の間に膝を突いた彼女は、腹を絞るような声で泣き崩れた。

奥から子供が二人出てきた。女の子は波打つ母親の背中に顔をつけて泣き出した。署の前の道路には車がずらりと並んでいた。マスコミの車両だ。道原の顔を知っている記者が車に駆け寄ろうとしたが、伏見は車をとめなかった。

中庭にも車がぎっしり入っていた。県警本部や隣接署から、応援の捜査員が大勢やってきているのが分かった。

講堂での捜査会議が終ったところだった。捜査員が聞き込み地域を割り当てられていた。原則として、地元に通じている者と、県警本部や隣接署から応援にきた者がコンビを組むことになっている。

組み合わせの決まった捜査員が、次々に講堂を出て行く。地域課や交通課の婦警や女子職員が、湯呑みや灰皿を片づけている。

道原と伏見は、捜査一課長と管理官に挨拶し、牧家に寄って哲治の解剖結果を説明してきたことを報告した。二人とも前回の事件で豊科署へやってきていた。

「医療機関に勤める人が相次いで被害に遭っていますが、三件の殺人は関連していると思いますか?」

縁なしメガネの捜査一課長が道原にきいた。

「はっきりした根拠はありませんが、関連しているような気がします。島崎医師が、浮地ひずるが勤めていた国安病院で、アルバイトしていた事実を重視すべきだと思います」

道原は答えた。

女子職員が、道原と伏見の前へ冷えた麦茶を置いて去った。

「三人とも異なった殺され方をしていますが？」

捜査一課長はメガネを光らせた。

島崎の遺体には、頸椎《けいつい》と左大腿骨《だいたいこつ》に殴打によるとみられる亀裂が認められたことから、首と左大腿部を鈍器で殴られたものと確定されている。腸骨《ちょうこつ》の上部には刃物が当たったと思われる傷があった。このことから、殴打されたあと刃物で腹部を刺され、そこからの出血が原因で死亡したものだろう。彼の場合は白骨になって発見されているため、殴打を受けた凶器がどんなものかまでは明確にならなかった。

浮地ひずるは断崖から墜死である。目撃者が二人いる。しかし彼女の額《ひたい》には山靴の踵《かかと》で蹴られた痕が残っていた。このことから、彼女がクサリを伝って稜線《りょうせん》に登りきる直前、稜線に待ちかまえていた犯人によって靴で二回蹴られたのだった。

「三人は三様の殺され方をしていますが、それは殺害された現場の条件の違いからきているような気がします」

「ということは、三人を殺害した者は同一人物とにらんでいるんですね？」

「私はそうみています」

捜査一課長は麦茶を一口飲んだ。

「道原さんは、個人に対する恨みと思いますか。それとも医療機関を恨んでの犯行とみますか？」

「そこがよく分かりませんが、両方ではないかという気がします」

「この付近にも医療機関はたくさんあります。今後、そこの人が狙われる可能性もあるでしょうね？」

「警戒が必要だと思っています」

県警本部と豊科署の連名で、安曇野にある医療機関に文書で、厳重な警戒を促す必要があると、幹部は話し合った。マスコミにもそのことを強調すべきだと、管理官が意見をいった。

三人を殺害したのが同一人物だとしたら、医療機関内部の人間か、医療機関に出入りする人間か、それとも利用者であるのかを考えてみた。医療機関内部の人間だとしたら、被害者は一つの医療機関にかぎられるのではないかというのが捜査一課長の見方だった。

医療機関に出入りする者といったら、まず考えられるのが医薬品納入業者だ。それから医療器械や器具業者、寝具などの納入業者。食材納入業者も加えられるだろう。

被害者の出た医療機関は、島崎潤也が勤務していた依田病院、浮地ひずるが勤めていた国安病院、牧哲治の勤務先であるアルプス病院の三か所だ。この三か所の出入り業者を徹底的に洗うことを決めた。

「医療機関で出入り業者と接触するのは、仕入れ担当の事務職員と医師でしょうね。看護婦はそういう業者とは無関係だと思いますが？」

四賀課長の意見だ。

捜査一課長と管理官は同時にうなずいたが、部外者が知らないだけで、看護婦も接触する機会があるのではないかと管理官がいった。

「私の知識では、医療機関というのは、たいてい医事紛争を一件や二件は抱えているものらしい。要するに誤診とか、医療過誤による患者やその家族とのトラブルです。この点を視野に入れて、各病院の上層部からきき出す必要があります」

捜査一課長がいった。

患者側は、医療機関のミスによって病気が治らなかったり、投薬のミスによってひどい副作用に悩まされていたりした場合、治療を受けた病（医）院を恨むだろう。あるいは医療過誤が原因で身内が死亡した場合、遺された家族が紛争を起こすというケースもまれではない。

医療紛争について病（医）院は内密に処理しようとする。だから今回の事件捜査に対して協力を惜しむ傾向があるのではないか。このことを捜査員にいいふくめておく必要があるという。

「紛争は和解したが、不満を持っている家族もいることでしょうね」

道原がいった。

会議を終えると、道原と伏見は自分の席に戻った。

道原は自分でコーヒーを淹《い》れに湯沸場に立った。伏見の分も淹れてやることにし、食器棚からカップを二つ下ろした。彼は夏でも熱いコーヒーが好きである。

物音をききつけてか、防犯課の降旗《ふるはた》節子《せつこ》という婦警が入ってきて、「わたしがやります」といった。署内で「セツコ」とか「セッちゃん」と呼ばれているマスコット的存在の巡査である。

「気分転換だ。自分でやらせてくれ」

道原は彼女に笑顔を向けた。

彼女もにっこりした。丸顔でいくぶん肉づきがいい。色白だが、腕は陽焼けして赤くなっている。

「よけいなことですが、わたし、牧さんを知っていました」

彼女は真顔に戻っていった。

「牧さんは知り合いが多いんだねえ。ゆうべは涸沢にいる小室君から電話があって、彼は牧さんと何度も飲んだことがあったそうだよ。セッちゃんは牧さんとどういう知り合い？」

「弟が町内会の野球チームに入っていました。その関係で、わたしのうちへよく寄ってくれました」

「そういえばセッちゃんの弟さんは、中学で野球の選手だったね。町の少年野球の選手でもあったのか」

「弟は、牧さんのコーチでうまくなったんです」

「弟さんは、いまは？」

「東京の大学に行っています」

「そうだった。前にも同じことをきいたよね」

「牧さんのことですけど……」

彼女は砂糖の壺《つぼ》を棚から下ろし、道原の前へ置いた。

「なにか？」

「一か月ぐらい前のことですが、伯母が急病になってアルプス病院に入りました。夜中のことでした。伯母の家から電話があったのでわたしは母と一緒に病院へ駆けつけたんですが、そのとき、夜間の通用口の受付に牧さんがいました」

「ほう。彼は事務局の職員だった。宿直が何日かに一度はあったということだったが、夜間の受付をしていたのか。……それでなにか？」

節子の眉が曇ったのを見てきいた。

「電話を受けたりして忙しそうでしたけど、とても無愛想でした」

「いつもの牧さんじゃなかったというんだね？」

「あんな牧さんを見たのは初めてです。うちへ寄る牧さんはいつも明るくて、父とお酒を飲むと、大きな声で笑っていました」

「その夜、なにか嫌なことでもあって、苛々《いらいら》していたのかな？」

「そうでしょうか。わたしたちの顔を見たのに、ろくな挨拶もしないで、つっけんどんな態度で、受付票に名前を書かせました」

「仕事中は人が変わったような態度を取る人がいる。牧さんはそのタイプだったのかな。あんたの話は参考にする」

節子は、「よけいなことをいってすみません」と繰り返して湯沸場を出て行こうとしたが、彼は呼び止めた。

「あんたの伯母さんが入院したのは、何日だったか覚えているかね？」

「七月七日です」

「あんたがアルプス病院へ行ったのは、何時頃だった？」

「深夜の十一時半ごろです」

「伯母さんの病気は治ったの？」

「七月十六日に退院できました。食中毒ということでしたが、瘦《や》せて帰ってきました。この一週間ぐらい前から元のからだに戻ったようです」

道原は盆にコーヒーカップを二つのせた。なんだか節子の話が耳朶《じだ》に残った。

六章　雪夜を駆ける

1

道原は伏見を伴ってアルプス病院へ出掛けた。

事務局で牧哲治の出勤簿を見せてもらった。

七月七日、彼は宿直だった。降旗巡査の記憶は間違いなかった。

この日の夜、なにか変事はなかったかをきくと、総務課長は牧の宿直日記を開いた。緊急入院者が一人いたが、救急車で搬送されてきた患者もいなかったし、比較的平穏な夜だったようだという。

医局と看護部にも、七月七日の夜、なにか異常はなかったかをきいた。が、牧の日誌が物語るように、女性患者が一人緊急入院したのみで、容態の急変した入院患者もいなかったという。

緊急入院する患者が一人ぐらいいるのはむしろ普通で、このような夜は宿直医も看護婦の仕事も比較的楽であるという。

婦長は声をひそめ、

「とても忙しい夜もあるんですよ」

といった。

「たとえば、どんな夜ですか？」

道原は聞いた。

「今年の二月のある夜でした。わたしが宿直でしたが、緊急入院が二件ありましたし、入院中の二人の患者さんの容態が急変して、真夜中と明け方に、相次いでお亡くなりになりました」

最悪の夜だったという。

事務局へ戻り、牧と仲のよかった佐野に、仕事中の牧は人が変わったような態度を取ることがあるのかときいた。

「普段とは多少態度は変わるでしょうが、無愛想だと思ったことはありません。俗にお天気屋といわれるようなムラ気な人でもありませんでした」

牧に対して好感を持っていたらしい佐野はいった。

きょうも午後七時から捜査会議が開かれた。百名を超す捜査員が聞き込んできた牧哲治に関する情報を集め、それを幹部が検討した。

あすからの捜査は二分されることになった。約半数は牧に関する聞き込みを続行する。あとの半数は、依田病院、国安病院、アルプス病院に散り、各病院と出入り業者との間にトラブルはなかったかの情報を集めることになった。

べつに十二名が残された。三か所の病院との間に医事紛争のあった患者やその家族を内偵するのだった。道原と伏見はこの十二名の中に組み込まれた。

捜査会議が終ると道原は、涸沢に常駐している小室に電話を入れた。

「山の天気はどうかね？」

「午前中は小雨でしたが、夕方から晴れて、いまは満天の星です」

「ここのところ事故もないようだし、結構だねえ」

「毎日、怪我人は出ますけど、大きな事故はなくて助かっています」

「ところで牧哲治さんのことだが、彼は不機嫌だったり、気に入らないことがあったりすると、それを人に向けるような男だったかね？」

「いや。私は彼のそういう面に出くわしたことはありません。そういう態度を取ることのある男だったんですか？」

「ある人から、つっけんどんな牧さんに出会い、意外だったという話をきいたんだが」

「野球をやる人ですか、それは？」

「いや」

「彼は投手でした。打たれ始めるとカッとなるのか、ムキになって速球を投げるという話をきいたことがありますが、そういうタイプの投手は結構多いですよね。プロにもそういう投手がいるじゃないですか」

道原はうなずいた。疲れているところを悪かったといって電話を切った。

道原の電話の終るのを待っていたらしい伏見が、椅子《いす》を寄せてきた。

「おやじさんは、三件の殺人《コロシ》は同一人の犯行とみていますね？」

伏見は念を押すようにきいた。

「いまのところそうみているが」

「同一人の犯行なら、三件に共通する点があるはずですね」

「それは、医療機関に勤めている人を殺《や》った点だ。それと牧をのぞく二件は山岳地での犯行だ。犯人は山をやる人間とみているんだが」

伏見はボールペンを持ち、

「前から気になっているのは、東京の杉村正記です。彼もこの事件にどこかでからんでいるような気がしてなりません」

「私も同じだ。彼のことが、頭から離れない。去年の十二月四日の偽無線と三件の殺人は無関係と思っていたが、彼が浮地ひずると恋人同士だったことから、偽無線事件と三件の殺人はどこかでつながっていると考えるようになった」

「偽無線事件は、島崎潤也よりもあとで発生しています。関連しているとなると、第一の事件は去年の七月十日に起きているといえますね」

「そのとおりだ。島崎は山行に出たその日に殺されていると思う」

伏見は、コピー機からB４サイズの用紙を抜いてくると、「島崎潤也（去年七月十日）」と書いた。

次に彼の足骨《そっこつ》と赤い山靴《ぐつ》の紐《ひも》一本が、豊科消防署に送りつけられたのが今年五月七日だった。伏見はこれも書いた。

次の事件発生は今年七月六日で、浮地ひずるが涸沢槍の近くで何者かに蹴落とされて墜死した。

第三の殺人の被害者は牧哲治で、八月三日に発生した。

伏見は被害者と事件発生日の横に赤ペンで、被害者の職業と事件の関係場所を記入した。

［医師］――［豊科警察署・山岳救助隊］――［豊科消防署］――［看護婦］――［病院職員］

「病院や医師と消防署を結ぶものは……」

伏見がつぶやいた。

「救急隊だな」

「救急隊員ということも……」

「山岳救助隊員の中に、消防署の救急隊員がいるな」

道原は豊科署に登録されている山岳救助隊員の名簿を出した。

警察官九、消防署員二、町役場職員二、会社員三、上高地のホテル従業員三、フリーアルバイター二の計二十一名だ。

そのうち去年の十二月四日のＳＯＳ無線を受けて出動したのは、会社員一名、ホテル従業員一名をのぞく十九名だった。

「島崎の足骨が消防署に送りつけられたことと、救助隊は関係があるんじゃないでしょうか？」

「そうか。犯人は、うちの署に所属する山岳救助隊員の中に、消防署員がいることを知っていたんだな。二人の消防署員は救急隊員だ」

山岳救助員の名簿には勤務先と所属が載っている。消防署の救急隊員は、古垣《ふるがき》勇《いさむ》（三十四歳）、黒岩《くろいわ》武史《たけふみ》（二十九歳）だ。

救急隊員は、一一九番通報を受けたり、災害現場に駆けつけ、病人や怪我人を病院に搬送する。救急車には救急救命士が乗り込む場合もある。救急患者を受け容れている病院とは密接な関係があるのだった。

道原は四賀課長の自宅に電話した。

「なに、去年十二月四日の偽無線事件と、三件の殺人は一本の糸でつながっている……」

課長の声は興奮していた。

「犯人は、うちの署の山岳救助隊員の中に、消防署の救急隊員が二人ふくまれているのを、知っていたのだと思います」

「そうか。ＳＯＳ無線を発信すれば、ただちに救助隊が出動する。愉快犯の単純ないたずらじゃなかったというのか……」

「山岳救助隊の二重遭難を狙ったのだと思います。雪崩が発生して四人が遭難したとなれば、その救助は四人や五人では無理と判断して、全員を出動させます。その中に救急隊員が二人入る。吹雪の山に入るわけですから、二重遭難の可能性は充分にあります」

「消防署員でない者が遭難する場合もあるが？」

「犯人の狙いは消防署員ですが、無関係な者が遭難しても、それはしかたがないと考えたんでしょう」

「消防署員をふくむ全員が、吹雪に遭って動けなくなったり、雪崩に巻き込まれてもしょうがないと考えたのか。……すると犯人は、救急隊員と医師と看護婦と……、牧哲治は病院の事務職員で、治療や看護にたずさわる人間じゃないが」

「犯人にとっては医師や看護婦同様、恨みを持つ対象だったんでしょうね」

道原は、あす消防署員の古垣と黒岩をあらためて呼んで事情をきく諒解を取った。この二人については去年の十二月、偽無線について心当たりはないかをきいている。誰かに恨まれる覚えはないかをきいたのだが、二人とも首を横に振ったものだった。

今夜、伏見と話し合って得たヒントを小室に伝えたかったが、彼はいまごろ夢の中だろう。山岳救助隊は毎朝四時半には起床する。思いつきに興奮して捜査員でもない者を起こすのは気の毒だ。

伏見の運転する車で帰宅した道原は、

「一杯だけ飲《や》っていけよ」

と伏見を誘った。

「あなた。そんなことしたら、伏見さんは飲酒運転になるわ」

妻の康代がいった。

「お前が伏見君を送ってやってくれ」

伏見の自宅は車で十分ぐらいのところである。

「しようのない警察官ね」

康代は冷やした清酒を入れたピッチャーとグラスをテーブルに置いた。

事件を振り返りながら飲んでいると、二合ではすまなかった。もう一合ばかり飲んだところで、康代がストップをかけた。

2

消防署救急隊員の古垣勇と黒岩武史は、額《ひたい》に汗を浮かべて刑事課へやってきた。けさの安曇野には蒼空《あおぞら》が広がり、野山の緑がまぶしいほど陽差しが強い。豊科署の前の道路を、軽装のハイカーが列をなして歩いていた。

古垣も黒岩も山男だ。二人ともこの夏は二回穂高へ登っているという。そのせいか顔も腕も陽焼けしていた。

道原と伏見は、テーブルをはさんで消防署員の二人と向かい合った。

古垣も黒岩も当然知っていることだが、島崎潤也、浮地ひずる、牧哲治が殺害された事件を話した。

「この三件の殺人事件のあいだに、偽無線の事件と、足骨が消防署に送られてきた事件が起きているが、これらはすべて一本の線でつながっているような気がするんだ。それで二人にきてもらったわけだが、私の話をききながら、過去の出来事を思い出してもらいたい」

道原は、いくぶん緊張ぎみの二人にいった。

古垣と黒岩はうなずいた。

「島崎さんは医師だ。浮地さんは看護婦、牧さんは病院の事務職員。この三人のあいだに消防署を当てはめる。するとあんたたちの救急隊員が医療機関と密接な関係があることになる」

「医療機関を恨んでいる者で、消防署員にも恨みを持っている者が犯人といわれるんですね？」

古垣がいった。

「そう考えたんだが、どうかね？」

「島崎さんの遺骨の一部が消防署に送られてきたことを考えると、三つの殺人事件と消防署は関係がありそうですね。足の骨が送られてきたあと、なぜ島崎さんと消防署が関係があるのかって、署員同士で話し合ったことがありました」

「偽無線と殺人事件は、どう関係があるんですか？」

黒岩がきいた。

「うちの山岳救助隊のメンバーに、君たち二人が入っている。偽無線の発信者はそれを知っていた。山岳救助隊が吹雪を衝《つ》いて山に入る。そうすれば二重遭難が起きないともかぎらない。犯人はそれを期待したと思うんだ」

「たしかに、ぼくたちはメンバーですが、消防署員は二人だけで、ほかのメンバーは警察官であったり……」

「二重遭難が起き、あんたたち以外のメンバーが犠牲になったとしても、それはしかたないと考えたんじゃないかな。山岳地の災害に特定な人間だけを巻き込むことはむずかしい。去年の十二月四日は十九名が出動したわけだが、犯人はその全員が遭難することを願っていたかもしれないよ」

「そうなれば、われわれ二人も還《かえ》ってこれなくなる……」

古垣が険しい表情をした。

「そう考えると、島崎さんの足骨が消防署に送られてきた意味が解けるんだ」

「犯人は恐ろしいことを考えたものですね」

黒岩は唇を嚙《か》んだ。二人の消防署員の額からは汗の光が消えていた。

「要するに、救急隊員のあんたたちと、医師、看護婦、それから病院の事務職員に深い恨みを抱いていた人間が犯人だ」

「ぼくたちが救急車で病院へ運び込んだ患者というわけですね？」

伏見が出した麦茶を、古垣は一口飲んだ。

「患者か、その家族じゃないかとにらんでいる」

道原も麦茶を飲んだ。

「救急隊員は、ほかにもいますが……」

黒岩がいった。

「ほかにもいるが、あんたたちが救急車で運んだ患者か、その家族だ。なぜならあんたたちは山岳救助隊員でもあるからだ」

道原は、古垣と黒岩に、去年の七月十日以前、救急車で病院に運んだ患者とその家族を思い出してもらいたいといった。

「何年も前のことじゃないでしょうね？」

「去年の七月からみて、せいぜい一年ぐらい前のことじゃないかと思うんだが」

黒岩が救急隊出動の記録簿を消防署へ取りに行った。

その間も古垣と、救急隊員が恨まれたろうと思われるケースを話し合った。古垣はさかんに首を傾《かし》げた。すぐには思い当たる救急患者やその家族はいないようである。

黒岩が記録簿を持って戻ってきた。

それを見ると、一一九番通報を受けて病人を病院へ収容することもあるが、交通事故の怪我人、それから工場や工事現場で作業中に怪我をした人を病院に運ぶ件数がかなりあることが分かった。

道原は記録簿を見て、去年の七月十日以前、古垣と黒岩が病人なり怪我人を救急車で運んだものを思い出させた。

記録簿には、運んだ人の住所、氏名、性別、年齢、症状、収容先名が書き込んであった。

古垣と黒岩が、一緒に救急車に乗った件ばかりではないが、二人はそれぞれについて、どんな患者だったか、患者とともに誰が同乗して行ったかなどを話し合っていた。

「気になる人がいたら、何件でも拾い出してくれよ」

道原は二人にいった。

二人は気になる一件をボールペンの先で指した。

Eという六十四歳の男性。去年の五月×日、午後十一時四十分ごろ、寝床に入ったEが急に苦しがり始めた、と一一九番通報が家族からあった。が、救急車の到着は二十五分後になった。なぜかというと、十一時十分ごろ豊科町北部の民家で火災が発生した。寝ていた人が怪我をしたため救急車が出動した。怪我人を収容するのに手間取り、病院へ運び込むまでに三十分以上を要した。

Eを救急車に乗せ、最寄りの病院に向かったが、彼はその途中で事切れた。

後日、Eの息子が消防署に抗議した。一一九番通報後、救急車が着くまでに二十五分もかかることが分かっていたら、自分で病院へ運ぶか、医師に往診を頼んでいたというのだった。

消防署ではその夜の事情を説明したが、Eの息子は地元新聞社にも不満を話した。新聞記者が消防署に確認に訪れ、記事が載った。

もう一件は去年の三月×日。横浜《よこはま》市からやってきたKという四十二歳の男の運転する乗用車が交通事故に遭った。トラックにはさまれて車内に閉じ込められた。Kと同乗のAという女性は怪我をしていた。レスキュー隊が出動して、トラックと乗用車を引き離した。その作業は十五分ぐらいで終り、怪我をした二人を車外に出すことができたが、救急車は折からの降雪と交通渋滞に巻き込まれ、現場への到着が遅れた。

KとAは同じ病院に収容された。二人とも生命に別条はなかったが、Aのほうが重傷だった。Kは別の病院に移してもらえないかと要請した。二人は不倫の仲だったらしく、家族がきたときのことを憂慮したらしかった。Kはべつの病院に移ることができた。が、Kの家族は最初に彼とAが収容された病院を訪ねた。警察官がその病院を家族に教えたからだった。訪れた家族はAの病室へ行き、Aに面会した。

そこでKがAを同乗させ、温泉旅行していたことが露見してしまった。

退院後、Kは消防署へ嚙みついた。自分の入院先を家族に教えなかったのが問題の始まりだというのだった。家族に連絡したのは警察官であるが、彼は救急隊員から怪我人の収容先をきいたのだった。

Kの抗議の主旨は、プライバシーを侵害されたという筋違いなものだったが、消防署に対してさんざん恨みをいったという。

古垣と黒岩からこの二件をきいた道原は、Eの家族と、横浜市に住むKの背景を洗うことを四賀課長に話した。これはすぐに手配され、Eの場合は地元であるから、捜査員がその日のうちに調べ上げてきて報告した。

Eには息子が二人いた。だが二人には登山経験がなかった。島崎が山行に出た去年の七月十日、浮地ひずるが突き落とされた七月六日、二人は勤務先にいたことが証明された。

牧が撲殺された八月三日夕方のアリバイも確認されたことから、二人は少なくとも三人を殺害した実行犯でないということになった。

次の日、横浜市の警察からKについての報告があった。Kにも登山経験はなく、三人が殺害された日の所在は証明されたということだった。

道原は消防署へ古垣と黒岩を訪ねて、EとKに関する捜査結果を報告した。EとKは少なくとも一連の殺人に直接関与していないことを話した。

話し合っているうち、黒岩がこういう出来事を思い出した。

去年の一月×日。激しく雪の降る夜、JR大糸《おおいと》線の豊科—有明《ありあけ》間にある踏切の遮断機が上がらなくなるという事故が起こった。遮断機の故障は約四時間つづいた。この間、急病人が出たという一一九番通報があり、黒岩の乗った救急車が出動した。救急隊員は遮断機の故障を知らなかったから、踏切でしばらく待つことになった。故障と分かって、手で遮断機を上げて踏切を通過した。

急病人を救急車に乗せたが、帰りも遮断機を手で上げなくてはならなかった。急患を病院へ運ぶことはできたが、大幅に遅れた。患者のFは病院で三日目に死亡した。「もっと早く処置をすれば助かった」と、医師はFの家族に告げた。

Fの家族は、「あんなに遅く到着するのなら救急車ではない」と、消防署に恨み言をいった。

それをきいて道原は、Fの家族についても裏付け捜査をした。だが、その家族には怪しい点はなかった。

3

翌朝、道原が出勤すると、古垣が待っていた。

彼は一昨年一月十四日夜、急病人を病院に運んだことを思い出したのだといって、救急隊出動の記録簿のコピーを持ってきた。

急病人は三歳の女児だった。古垣と黒岩の乗った救急車が彼女の家へ到着すると、女児を毛布にくるんだ両親は、松本市内のN病院へ搬送してもらいたいといった。女児はN病院で診療を受けていたのだった。しかしそこへ運ぶには雪が降り積もっていることもあり、三十分近くはみなければならなかった。

古垣たちは、急患を運ぶ場合、最寄りの救急告示病院へ搬送するのが規則であるため、それを両親に告げ、豊科町のM病院へ、受け容れ可能かどうかを電話で確認した。だがM病院では医師が不在だからといって断わられた。

古垣らはいつも急病人を運び込んでいる穂高町のアルプス病院へ向かった。夜間の緊急出入口の受付には誰もいなかった。呼び鈴を押しつづけていると六、七分して宿直の職員がやってきた。

古垣らはその職員に女児の容態を説明した。職員は医師に電話した。なかなか応答がなかったが、その答えは、たまたま入院中の患者の容態が急変し、医師はその処置の最中だから他の患者を診ることはできないということだった。

そこで古垣らは、松本市へ向かった。国安病院も救急告示病院だったから、そこへ搬送した。受付の職員は一階の処置室へ運び込むようにいった。女児には急が迫っているのが古垣らにも見て取れた。

四、五分してから看護婦が一人やってきた。彼女は急病人を見てから電話を掛けた。医師を呼ぶつもりだったらしい。だが、電話は通じない。彼女は処置室を出て行った。また五、六分を要した。

看護婦が戻ってきた。若い医師が彼女の後を追って処置室へ入り、ベッドに横たわっている女児を見ていたが、首を傾げ、どこかで診療を受けていたかと両親にきいた。両親はN病院にかかっていたと答えた。

若い医師は、それならN病院へ搬送すべきだと告げた。

古垣らは、女児をまた救急車に乗せ、N病院へ向かって走った。女児宅へ救急車が着いてからすでに五十分を経過していた。

N病院へ到着するには十分はみなければならなかった。走り始めて三、四分すると、救急車に乗っていた救急救命士が、心電図の波形から「心肺停止状態」と判断した。

女児は死亡した。N病院に着いたのは、女児宅に着いてから一時間後だった。

女児の名は中倉麻美《なかくらあさみ》。父親は益夫《ますお》、四十歳。母親は孝子《たかこ》、三十八歳。この夫婦にはほかに子供はなかった。麻美は生まれつき心臓に軽い障害を持っていた。

「両親の要望をきいて、直接N病院へ向かえば、助かったかもしれないな」

道原は古垣にいった。

「結果的にはそのとおりですが、救急指定病院で受け容れを拒否されたり、医師がいながら他の病院へ行けといわれるのは、想定外でした」

救急隊員は、病人や怪我人を最寄りの医療機関に運ぶことになっているから、そのマニュアルにしたがったまでだが、予想しなかったことがいくつも重なったのだという。

「中倉という夫婦からは、その後なにかいわれたか？」

「それはきいていません。救急課長は中倉さんのお宅を訪ね、お詫《わ》びをしています。そのときも救急隊員を責めるようなことは一言もいわなかったときいています」

「当日のアルプス病院の宿直職員が誰だったか、知っているか？」

「いいえ」

「国安病院の医師と看護婦が誰だったかは？」

「それも知りませんが、島崎さんと浮地さんだったんでしょうか？」

「調べてみよう」

道原は、身辺を警戒するよう黒岩にもいっておいてくれといった。

古垣は頭を下げて、刑事課を出て行った。

外出から戻った伏見に、古垣が持ってきた救急隊出動記録簿のコピーを見せた。

四賀課長にも古垣の話を伝え、中倉夫婦を伏見とともに調べる諒解を取った。

中倉益夫と孝子夫婦の住所は、豊科町の梓川に近い一角だった。母屋は木造の二階建てで、平屋の事務所のような建物が隣接していた。

近所の家できいて中倉の職業が分かった。精密機械の設計だった。機械設計で数々の特許を所有しているという。普段彼は一人で仕事をしているが、彼に設計を依頼する人たちが訪れるのか、ときどき車がとまっているという。

「忙しいときがあるらしくて、ひと晩中、電灯がついていることもありますよ」

隣家の主婦はそういった。

「一昨年《おととし》の一月、娘さんが亡くなったそうですが?」

道原は、人の善《よ》さそうな丸顔の主婦にきいた。

「麻美ちゃんという名で、それは可愛い顔の女の子でした。生まれつき心臓が弱いとかで、奥さんが病院へ連れて行っていました。あれはたしか雪の降る夜でした。夜中に救急車がきてとまったので、驚いて外に出てみました。麻美ちゃんが発作を起こしたので、救急車を呼んだと奥さんがいっていました」

主婦は次の日に、麻美の死亡を知ったのだという。

「救急車で病院へ運ばれる途中で亡くなったそうですが?」

「そのようです。一人娘を亡くして、ご夫婦は力を落とされたのでしょうね、しばらくのあいだすっかりやつれた顔をしていました」

「麻美ちゃんが亡くなったときのことを、中倉さんからなにかおききになっていますか?」

「一、二か月、奥さんは寝込んでいたようです。わたしがお見舞いをしようと行きましたが、ご主人に、誰にも会いたくないといっているのでと、断わられました」

「その後は、元気になりましたか?」

「麻美ちゃんがいるころとは変わって、奥さんはめったに外出もしないようです。前より瘦《や》せて、なんとなく老《ふ》けて見えますが、どこか悪いのではないでしょうか」

中倉の仕事も以前のように多忙ではないのか、徹夜することもなくなっているという。

「中倉さんは、山登りをしますか？」

「さあ、どうでしょうか。山登りに出掛けるような姿を見たことはありません」

中倉は温厚な人で、近所の人に会うとにこやかな顔で挨拶《あいさつ》し、好感の持てる人だと主婦はいった。

近所の何軒かを聞き込みしたが、中倉が山登りの服装をしていたのを見たという人には出会えなかった。

道原は捜査本部に、中倉の写真を撮《と》ってもらいたいと要請した。

自宅の近くに張り込んで隠し撮りするのである。

道原と伏見は、松本市内か豊科町内で精密機械を作る企業をさがした。松本市と塩尻市に機械製作所があった。そこを訪ね、中倉益夫に設計を依頼しているかをきいた。取引きはないが中倉を知っている社員がいた。彼の話で、中倉の得意先は岡谷市か諏訪市にあることが分かった。

「なんという会社と取引きがあるかをご存じないですか？」

道原がきくと、その社員は思いがけない名前を口にした。松本市島立の最上製作所なら知っているはずだというのだ。

最上製作所は、中倉の設計した機械を試作しているのだという。したがって中倉益夫と最上茂は昵懇《じっこん》の間柄だということが分かった。

最上茂の妻霜子は、島崎潤也と親密な仲になった。その関係は島崎が殺されるまでつづいていた。二人の間柄は夫の知るところとなり、最上夫婦は別居した。

道原も伏見も、最上茂には会っていない。彼にはべつの捜査員が会っている。最上は島崎の両親から、妻と島崎の不貞に対する慰藉料《いしゃりょう》として一千万円受け取った。島崎の遺体が霞沢岳に通ずる沢沿いから発見され、彼が殺害されたものと断定されると、最上はその金を島崎の両親に返している。殺人事件に関与したと疑われたくないというのがその理由だった。べつの捜査員は最上に直接会い、なぜ金を返したのかをきいたのだった。

中倉を内偵していて、最上の名前が出たのは意外だった。

今度は道原が、最上を訪ねることにした。

最上製作所の横に車をとめた。小規模な工場からはきょうも機械の回る音がもれている。

作業衣を着た最上茂は血色の悪い顔をしていた。妻の霜子と島崎の関係は一年あまり前に終っているのだが、最上は彼女を許していないのだろうか。それとも彼女のほうが、夫とは完全に和解できるものではないとして、戻ることを拒否しているのか。最上の顔は、心身とも病んでいるように見えた。

彼は二人の刑事を母屋の座敷に通した。

4

最上は、二人の刑事がまたも島崎の件で訪れたものと思ってか、無言で下を向いていた。

道原は島崎のことには一切触れなかった。

「最上さんは、中倉益夫さんをご存じですね？」

道原の質問が意外だったとみえて、最上は顔を上げ、

「よく知っています」

と、喉《のど》にものがからんでいるような声で答えた。

「取引先ですか？」

「中倉さんは、精密機械の考案や設計ではすぐれた才能をお持ちの方です。主に諏訪地方のメーカーから設計を依頼されています。中倉さんの設計にしたがって、私の工場は試作品を作っています」

中倉と最上との取引きは十年に及ぶという。

最上の話によると、中倉は以前、本社が東京で諏訪市に研究所と工場のある時計メーカーに勤務していた。十年あまり前に独立し、その時計メーカーの工作機械設計を手がけていたが、中倉の才能と技術は諏訪地方の他のメーカーにも知られるようになり、数社の技術者と懇意にもなり、仕事も請けているということである。


「この一、二年、中倉さんに変わったようすはみられませんか？」

道原は最上の伏目がちの顔に注目した。

「変わったことといったら、娘さんを亡くしてから、仕事の量を減らしたことでしょうか。奥さんの体調も芳しくないと伺っています」

「娘さんが亡くなったのは、一昨年の一月ということですが？」

「もうそんなになりますか。お会いしても、以前のような明るさがありません。娘さんが亡くなったショックで、奥さんがからだをこわしたからではないかと、私はみていますが」

「娘さんは病気がちだったときいていますが？」

「生まれつき健康ではなかったようですが、急に亡くなるような病人ではなかったと思います。亡くなる何日か前、私は中倉さんのところへおじゃまして、娘さんを見ています。たしか三歳でした」

「救急車で病院へ運ばれる途中に亡くなったそうですね？」

「そのようです。……そんなことがあったとは知らずに、仕事のことで私は中倉さんに電話しました。何度掛けてもお出にならないので、不吉なものを感じて見に行きました。中倉さんはお留守でした。隣の人に伺って、娘さんが前の晩に亡くなられたことを知りました。車の中でしばらく待っていたら、中倉さんと奥さんがワゴン車で帰ってきました。その車には娘さんを収めた棺が乗っていたんです。私はご夫婦を見て言葉が出ませんでした」

そのときを思い出してか、最上は言葉を詰らせた。

道原は中倉が山に登るかをきいた。

「ずっと前はときどき山登りをなさっていたということです。諏訪からいまのところへ移ってこられたのは、北アルプスが眺められるからということでした。奥さんと一緒に登ったという話を伺ったこともあります」

道原は顎《あご》を引いた。

伏見はメモを取っていたノートをしまった。

二人は最上家を出ると、諏訪市へ向かって走った。

十年あまり前、中倉益夫が勤めていたという時計メーカーを訪ね、彼と仕事上関係のある社員をさがしてもらった。

中倉とは月に二、三回は会うという技術系の社員が見つかった。

その人は中倉が同社に勤務しているころ、八ヶ岳へよく登っていたことを知っていた。

「中倉さんは、五、六年前まで登山をしていましたが、北アルプスで怪我をして、それ以来登っていないようです」

「山登りができないような怪我をしたんですか？」

道原はきいた。

「足を捻挫《ねんざ》したということでしたが、その怪我は全快しました。その後、うちの会社の運動会に出たこともありますし、前からつづけていたジョギングを、最近もやっているということでしたから」

中倉は、娘の麻美が死亡してから、仕事の量をそれまでの半分ぐらいに減らしたという。

諏訪地方に得意先が何社かあったが、この二年ぐらいはそこからの仕事を請けず、この時計メーカーに絞っているらしいという。

「奥さんは病気がちと伺っていますが、最近は、中倉さん本人も体調がよくないのではないでしょうか」

七月に中倉を訪ねたが、覇気のない顔をしていたという。

「七月の何日に中倉さんを訪ねたか、分かりますか？」

道原がきくと、社員は、分かると思うといって椅子を立った。日誌でも調べてくるらしい。

彼は、五、六分で戻ってくると、中倉に会いに行ったのは七月七日だったと答えた。彼は前日と前々日、中倉に電話したが、二日とも不在だった。七日の朝、再度電話し、打ち合わせに訪ねることを告げたのだという。

「七月七日の中倉さんは、元気のない顔をしていただけでしたか。いつもとどこか変わった点はありませんでしたか？」

「変わった点ですか……」

彼は考え顔をしていたが、「どこかへハイキングに行ってきたといって、顔も腕も陽に焼けていました。それで私は、疲れているのだろうと思いました」

道原と伏見は、社員の記憶をノートにメモした。

「中倉さんは、アマチュア無線家ではありませんか？」

「最近はやっているかどうか分かりませんが、独身時代は無線機を持っていたそうです。独身のころ、茅野《ちの》市に住んでいたんですが、正月、自宅で無線機を操作していたら、八ヶ岳を登山中のパーティーから、メンバーが谷に滑落したという救助要請の無線を傍受して、すぐに警察へ連絡したという話をきいたことがあります。谷に落ちた人は警察のヘリコプターに発見され、一命を取りとめたということでした」

道原と伏見は、顔を見合わせた。

「あなたは、中倉さんから娘さんが亡くなったことについて、なにかおききになったことがありますか？」

「お嬢さんのお葬式には、私と同僚の数人が出ました。中倉さんはとても気落ちしていて、お気の毒でした。その後、特に記憶に残るような話をきいたことはありません。私たちの目には、中倉さんより、奥さんの受けたショックは大きかったようでした」

道原は、今回の一連の殺人事件の捜査に加わって初めて、ずしりとした手応えを感じた。

捜査本部に帰った。講堂では県警本部の捜査一課長、管理官、署長、四賀課長らが、情報を携えて帰ってくる捜査員を待ち受けていた。

「どうだった？」

道原と伏見を見ると、まず四賀課長が首を伸ばした。

道原は中倉益夫と孝子夫婦のようすと、中倉の経歴と趣味などを詳細に報告した。

「アマチュア無線をやっていたことがあり、登山をするのか」

管理官がいった。

「間違いないな」

四賀課長がいう。一連の事件の犯人は中倉益夫だろうというのだ。

「彼を引っ張るか？」

管理官がいったが、もう一回りさせてもらいたいと道原はいった。確認しておきたいことがいくつかあるからだ。

捜査員が次から次へと帰ってきた。婦警や女性職員が、「ご苦労さまです」といって、椅子に腰を下ろした捜査員の前へ、冷えた麦茶を注いだグラスを置いた。彼らの顔は疲れきっている。腰掛けるとすぐに目を瞑《つむ》る者もいる。

お茶を配っている婦警の中に降旗節子の姿があった。

道原は伏見を促して椅子を立った。

廊下で盆を持った降旗巡査とすれ違った。

「ご苦労さまです」

彼女はいった。

アルプス病院へ向かって車を走らせた。

職員の大半は帰宅の途についたらしく、四、五人しかいなかった。

出勤簿と宿直日誌を見せてもらうことにした。一昨年のものである。

宿直日誌の一月十四日のページを開いた。宿直者は牧哲治だった。

「やっぱり……」

伏見がつぶやいた。

「午前零時、救急車到着。急患を搬送してきたが、医師が入院患者の応急処置最中のため、救急患者の受け容れできず。午前一時五十分、入院患者死亡の連絡あり」

と記録されていた。

当日の救急隊の記録はこうなっている。

［アルプス病院の夜間の緊急出入口の受付には誰もいなかった。呼び鈴を押しつづけていると六、七分して宿直の職員がやってきた。救急隊員は搬送してきた急患（女児）の容態を説明。職員は宿直医師に電話した。なかなか応答がなかったが、目下入院患者の容態が急変し、その処置の最中で、他の患者を診ることができないとの回答」

道原らは次に松本市内の国安病院へ向かった。ここの事務局には職員が三人いた。一昨年一月十四日の宿直の医師と外来の看護婦が誰だったかをきいた。すると職員は、夜間の場合、病棟の看護婦が外来を兼務することになっていると答えた。

はたして当日の宿直医師は島崎潤也だった。氏名の下に（依田病院）と小さく書き込まれていた。

看護婦は五人だった。その中に浮地ひずるがふくまれていた。

救急隊は当日のことをこう書いている。

［一月十五日、午前零時十七分、国安病院到着。受付職員から急患をすぐに一階処置室へ運び込むようにいわれた。五分ほどして看護婦がやってきて、ベッドの上の急患を見てから、電話を掛けた。だが、電話は通じなかった。控室に医師が不在だったらしい。看護婦は処置室を出て行った。五、六分して、看護婦につづいて若い医師がやってきた。急患を見ていたが首を傾げ、どこかで診療を受けていたかと、急患の両親にきいた。両親はN病院にかかっていたと答えた。

若い医師は、それならN病院へ運ぶべきだといった。急患の女児を救急車に乗せた。中倉宅へ着いてから五十分経過していた］

道原はすぐにでも中倉益夫に会いたかったが、病身の妻のことを考え、あすの朝、署へ呼ぶことにした。

電話で呼ぶか、連れに行くかを捜査本部で検討した結果、道原ほか四人が中倉を迎えに行くことにした。

マスコミは、捜査に進展のあったことを感じ取ったらしいが、捜査本部では、重要参考人を明日呼ぶことを発表しなかった。

七章　夏の終わり

1

中倉益夫は、汗を流してジョギングから戻った。タオルで汗を拭《ぬぐ》った彼を、五人の刑事が取り巻いた。身長一七五センチぐらいで中肉の彼の顔色は蒼《あお》ざめた。

「署へきていただきたいが、奥さんは?」

道原がきいた。

「けさ早く、病院へ行きました」

「具合はどんなですか?」

「三、四日前から偏頭痛がするといっています」

中倉は家に入って服装を変えた。ブルーの半袖シャツに白っぽい綿パンツだった。彼は妻宛《あて》に外出する旨を書いてテーブルに置いてきたという。

中倉は頬《ほお》はこけているが、わりに太い腕をしていた。その腕は陽焼けしている。

道原は彼を刑事課の取調室へ案内した。捜査一課長、管理官、署長が立って中倉を見ていた。

四賀課長が取調室に入り、氏名や年齢や住所を確認した。

四賀課長に代わって道原が質問することにした。中倉は澱《よど》みなく答えた。

中倉は、テーブルの中央部に視線を当てている。白い条《すじ》が何本か混じった頭は少しも動かなかった。

「なぜここへきてもらったか、分かりますか？」

道原はきいた。

「いいえ」

「この署は、三件の大きな事件を捜査しています。未解決の三件の事件を知っていますか？」

「新聞やテレビで報道した事件だと思います」

「そう、新聞には毎日、その事件の記事が載っています。その事件についてあなたに伺いたいことがある。いろいろ調べた結果です」

中倉は緊張して奥歯を噛《か》んでか、頰が動いた。

島崎潤也という医師を知っているはずだがときくと、知らないと答えた。浮地ひずる看護婦についてもきいたが、やはり知らないといった。

「あなたには麻美さんという娘さんがいましたね？」

「はい」

「健在なら、いま五歳ですね？」

中倉はわずかに頭を動かした。

「一昨年の一月十四日の夜中、麻美さんは発作を起こした。救急車を呼んで、最初に運んだのがアルプス病院だった。そこの医師は折から入院患者の容態が急変したため、緊急処置をしていて、麻美さんを診ることができなかった。それで救急車は、松本市の国安病院へ行った。麻美さんは運び込まれたが、当夜の宿直医は、容態を見ると、かかりつけの病院へ運んだほうがいいといった。そういった宿直医が島崎潤也さんで、看護婦が浮地ひずるさんだった。その二人を知らないはずはないでしょ？」

「そのときのことは覚えていますが、お医者さんや看護婦さんの名前までは知りません」

「では、最初に行ったアルプス病院の受付の人の名は？」

「いいえ」

「牧哲治だった。……当夜の宿直医だった島崎さん、浮地さん、それから牧さんが次々に殺害された。三人を殺したのはあなただ。私たちは調べたうえで、あなたを呼んだのですよ」

「麻美が発作を起こして救急車で運んでもらった夜の宿直の方々が、いまおっしゃった三人だったというのは、偶然です。三人が同じ夜宿直なさったのは、その日だけではないと思います」

「麻美さんを運んだ救急隊員を覚えていますね？」

「それも知りません」

「救急隊員のうち二人は、心ない人間のしわざによって、危うく災難に巻き込まれるところだった。その二人は、麻美さんを病院へ運んだ人たちです」

道原はいったが、中倉は首をわずかに振っただけだった。

「あなたは、無線機を持っていますね？」

「いいえ」

「独身のころ、アマチュア無線をやっていたが、無線機をどうしましたか？」

「ずっと前に処分してしまいました」

「簡単に使える無線機は持っていますね？」

「ありません」

「否定しても警察が調べれば分かるんですよ」

「いまは無線機はありません。必要がありませんから」

「登山のとき、携行するのでは？」

「いいえ。無線機を持って登ったことはありません」

声は小さいが、はっきりと否定した。

道原はノートをめくった。中倉の顔をしばらく見つめた。中倉にはそれが分かっているはずである。

「今年の七月五日と六日、どこにいたかはっきり答えてください。あなたが自宅にいなかったことは分かっているんです」

「七月五日と六日……」

中倉は首を傾《かし》げた。

「五日と六日でなく、四日から出掛けていたんじゃないですか。約一か月前のことです。泊まりがけで出掛けたところを思い出せないわけはない。単独で出掛けたのか、それとも奥さんと一緒ですか？」

中倉は返事をしなかった。なんと答えたものかを迷っているようにも見えた。

三十分ほどたった。妻にきくがよいかというと、彼は心の動揺を見せた。

「山へ登っていましたね？」

「はい」

「なぜすぐに答えなかった？」

「……………」

「穂高へ登っていましたね？」

彼は観念してか、うなずいた。

「穂高へ登ることを、奥さんにいって出発しましたか？」

「はい」

「山中で二泊しましたね？」

「はい」

「山小屋に泊まりましたか？」

「露営でした」

「七月四日と五日、露営したんですね？」

「はい」

「最初の露営地は？」

「横尾です」

「キャンプ申請に偽名を使いましたね？」

「はい」

「なんという名前を使った？」

「覚えていません」

「ある女性を尾行しての登山だった。だから本名を使わなかったんですね？」

中倉はうなずいた。肩が震え始めていた。

「誰を尾行したんですか？」

中倉は答えなかった。

「答えられなければ、こっちでいおう。七月四日、浮地ひずるさんの三人パーティーを、松本から尾行した。間違いないですね？」

中倉は首を折った。もう逃げられないと思ったようだ。

「七月五日の露営地は？」

「北穂です」

北穂のキャンプ指定地には約二十のテントが張れる。この中に偽名を使ってテントを設け、夜明けを待ったのだろう。

中倉は、浮地ひずる殺害を認めた。

ひずると関沢千秋、野口陽子が北穂高小屋を出てきたのを確認すると、単独の中倉は三人を尾《つ》け、途中で追い越した。

涸沢槍の手前のクサリ場を登りきると、稜線《りょうせん》で彼女らを待ち受けた。二日間、三人を尾行していたので、ひずるの服装はすっかり目に焼きついていた。

ひずるが最初にクサリ場を登ってきた。彼女はリーダーのようで、二人を引っ張っている感じだった。垂直にクサリ場を登ってくるだけなのに、彼女らは手間どっていた。

やっとひずるの頭が稜線から見え、クサリを放して、岩に手を掛けた。岩陰に身を隠していた彼は、彼女の額《ひたい》を山靴《ぐつ》の踵《かかと》で押し戻した。彼女は悲鳴を上げた。次に額を蹴った。

彼女は悲鳴とともに、岩から手を放し、のけ反《ぞ》るようにして宙に浮いた。

この自供を受け、逮捕状と家宅捜索令状を取った。捜査員は中倉の自宅に向かい、妻孝子に会った。彼女は放心状態になったという。

自宅から中倉の山靴と簡易無線機を押収して持ち帰った。

浮地ひずるの額の皮膚に刻印されていた靴跡と、中倉の靴底の跡が合致した。

2

道原は事件発生の順序にしたがって、中倉を追及した。彼は島崎潤也殺害を自供した。

――一昨年一月十四日の夜更け、一人娘の麻美が発作を起こした。この日は夕方から雪が降っていた。午後十時を過ぎたころから雪は激しくなった。

中倉は自分の車に麻美を乗せ、かねて診てもらっていた松本市内のN病院へ行こうとしたが、孝子が救急車のほうが早いといった。

一一九番に掛けると救急車は五、六分して到着した。

中倉と孝子は、N病院へ行ってくれといったが、やってきた救急隊員は、N病院へは三十分近くを要するから、近くの病院のほうがいいといって、車内から豊科町のM病院へ電話を掛けた。だが、医師が不在だといわれた。

中倉と孝子は、やはりN病院へ行ってもらいたいといったのだが、最寄りの病院へ運ぶのが規則だといって、アルプス病院へ向かった。

赤いランプのついている夜間緊急出入口の受付には誰もいなかった。救急隊員は呼び鈴を押しつづけた。六、七分してから職員が現われた。

職員は面倒臭そうな顔をして、救急隊員に患者の容態をきいた。とても緊急患者を受け容れる病院の職員とは思えない態度だった。中倉が急いでもらいたいといったが、職員はそれを無視するように医師に電話した。電話には応答がないらしく、五分ぐらい浪費した。その後、職員は電話でなにか話していた。

「早くしてください」と、車内から孝子が叫んだ。

そのうちに救急隊員は車に乗り込んできた。どうしたのかと中倉がきくと、医師が入院患者の処置中で、他の患者を診ることができないといわれたと説明し、「松本の国安病院へ向かいます」といった。自宅を出てからすでに二十五分ぐらい経過していた。国安病院はN病院よりは近かった。それでも十分以上を要した。

麻美は病院職員の誘導で処置室に運び込まれた。中倉と孝子は、ほっとした。二人で娘を励ましつづけた。

四、五分して看護婦が一人やってきた。救急救命士に患者の容態をきいた。彼女も中倉らの話を無視するような態度だった。

看護婦は電話を掛けた。中倉らにはしごくのんびりしているように映った。

電話に応答がないのか、看護婦は処置室を出て行った。なんだか憤慨しているような表情をしていた。

五、六分たってから、さっきの看護婦だけが戻ってきた。そのあとを若い医師が追ってきた。医師は麻美を見下ろした。頼りない感じだった。麻美の目を診たり、首を傾げていたが、いままでどこかで診てもらっていたかと、中倉にきいた。孝子が、N病院にかかっていたと答えると、「それならN病院へ行くべきです」と、吐き出すような言い方をした。中倉はむっとし、「ここでなんとかならないのか」といった。

すると若い医師は、「早くN病院へ」と救急隊員を促した。

麻美は救急車に戻された。自宅から直接N病院へ向かっていたら、とっくに着いて治療を受けていたのにと、中倉と孝子は唇を噛んだ。

救急救命士は麻美の顔にマスクをはめ、さかんに酸素を送ったが、車が走り出して三、四分後、心電図の波が水平になった。救急救命士は首を垂れた。中倉と孝子は、麻美の臨終を知って声を上げた。

麻美の葬儀がすむまでは気を張っていた孝子だったが、次の日から寝込んだ。

麻美の死から十日たっても二週間たっても、中倉は仕事が手につかなかった。十四日深夜のことが頭の中に再現された。救急隊員はなぜ、中倉たちのいうことをきいて、直接N病院に向かわなかったのか。彼等は最寄りの医療機関へ運ぶのが規則だといっていた。麻美の通夜にやってきた消防署の課長も、中倉の前に頭を下げながら、「病院の受け容れ拒否は想定外のことでして、隊員の搬送には問題はありません」といった。

中倉は兄の友人に医師がいるのを知っていたので、いったん患者を受け容れておきながら、かかりつけの病院へ行けという医師がいるものなのかをきいてもらった。

友人の医師に問い合わせた兄は、「麻美の場合は専門性の高いケースだったと思う。救急車で運び込まれても、あらゆる急患に対応するというのは理想論であって、個人病院などでは不可能だといっていたよ」といった。

しかし、アルプス病院も、国安病院も、救急患者受け容れを告示しているのだ。だから救急隊は急患を搬送したのである。それなのに専門性の高い患者の場合、対応できないという。ならば始めから、このような患者にきてもらっても、治療は不可能だと明示すべきではないか。

月日がたつにしたがって中倉は、救急隊員や医師や看護婦に対する恨みの感情が治まるものと思っていたが、逆だった。孝子は買物以外は外出せず、床に就く日が多かった。生きてゆく気力が失くなったなどということもあった。

去年の一月。麻美の一周忌が近づいた。孝子は全身の痛みを訴えた。中倉は彼女をN病院へ連れて行った。全身の検査を受けた。十日後、神経科の医師が、「記念日症候群といわれる症状です。お嬢さんの一周忌が近づき、お嬢さんを不憫《ふびん》に思い、一年前の辛かったときのことを思い出すために起きる症状です」と診断され、翌年も同じ症状にかかる可能性があるといわれた。

中倉のほうは口にこそ出さなかったが、麻美が発作を起こした夜、彼女が死亡するまでの間にかかわった人間が憎くてならなくなった。

まず、患者の両親の希望をきいてN病院へ直行しようとしなかった救急隊員を恨んだ。中倉はその前に、当夜の救急隊員、アルプス病院で患者の肉親を無視するような態度を取った受付の職員、国安病院の看護婦と医師の氏名をきき出していた。救急隊員をのぞく三人については、住所も突きとめていた。

受付の職員と看護婦と医師は、人命を扱う医療機関の人間とは思えなかった。態度は投げやりで面倒臭そうだった。医師にいたっては、いかにも眠っているところを起こされたといった感じで、誠実味が感じられなかった。

中倉は去年の二月ごろから、牧哲治、島崎潤也、浮地ひずるの身辺を独自に調べた。島崎と浮地が登山をするのを知った。二人の山行を利用して仕返しを企てた。

まず島崎を血祭りにあげる計画を立てた。彼が山行する日をさぐっているうち、彼が意外な人間と親しくしていることを知った。それは取引先である最上茂の妻の霜子が彼とは親密な仲だった。最上夫婦は別居していた。それは霜子と島崎の関係が原因だろうと想像できた。島崎がますます憎くなった。彼は依田病院に勤務しながら、国安病院で宿直のアルバイトをしていることも知り、医療機関のいい加減さにも腹が立った。

去年の七月、島崎が山に登る日をつかんだ。

彼を松本市内の自宅から尾けた。どこに登るのかは分からなかったが、尾行すると彼は、上高地から霞沢岳に通じる沢に入った。

中倉は霞沢岳には登ったことがなかった。山岳雑誌で霞沢岳に登るには沢をツメるコースが何本かあるのを読んだことがあった。細い沢を溯《さかのぼ》る彼を尾けるのはきわめて困難だろうと思われた。あとをついて行けば気づかれる。先回りができれば、細い沢に入ったところで、上部から落石を起こす手はあるが、すでに遅かった。

森林の中を沢に沿って歩いている島崎を、中倉は後から呼びとめた。

島崎は振り返った。中倉は、「おれを覚えているか」ときいた。

島崎は棒立ちになり、「誰だい」と、横柄なきき方をした。

「あんたに娘を殺された者だ」

「なんということを、こんなところで……」

「あんたは覚えていないだろうな。あの晩、あんたはおれと家内の顔を、まともには見なかったんだから」

「こんなところで、ヘンないいがかりはやめてくれ。わたしにはなんのことか分からないが、ホテルへでも行って話をしましょう」

島崎は怯《おび》える表情で、中倉の突いている杖《つえ》に注目した。

「去年の一月十四日の真夜中、あんたは国安病院にいた。おれは救急車で発作を起こした三歳の娘を連れて行った。救急患者を受け容れている病院の宿直医が、十分以上も出てこなかった。眠そうな顔をして出てきたあんたは、患者を一目見ると、かかりつけの病院へ連れて行けといった。あんたや看護婦がぐずぐずしていたために、娘は救急車の中で息を引き取ったんだ」

「そういう話なら、病院できこう」

島崎は引き返そうとした。その表情は麻美を運び込んだ夜と同じだった。

中倉は持っていた杖を横に払って、島崎の腹を叩いた。「ううっ」と唸《うな》った島崎は前かがみになった。赤いザックが肩にのって、彼はよろけた。中倉は背中を叩いた。島崎は倒れたが向き直って、中倉を蹴ろうとした。ザックを腕から抜いた。もう一度腹を叩くと、島崎は唸って目を瞑《つむ》った。

中倉はかねて用意してきたナイフを抜き、島崎の腹を一突きした。彼は腹を押さえた。

中倉は島崎を森林の奥へ引きずった。島崎のシャツもズボンも鮮血に染まっていた。

島崎の呼吸は二十分ぐらいでとまった。窪地《くぼち》に横たえると、枯枝や落葉で彼の遺体をおおった。

次の日、中倉は今度はザックに折りたたみ式のスコップを入れて、沢沿いの森林に入った。島崎の遺体は、当然だがそのままになっていた。

遺体を土中に埋めた。たまに鳥の声がするだけで、付近には人跡はまったくなかった。めったに人の入らない山であるのをあらためて知った。

中倉は、自分が人を殺すことなどできないと思っていた。殺人事件をニュースで知っても、加害者は異常性を帯びた人間なのではないかと想像していた。しかし、恨みや憎しみの程度によっては、われを忘れて、人を殴ることも刃物で刺すこともできるのを知った。

島崎を殺害したことで、一年以上にわたって持ちつづけていた恨みを晴らしたのだが、胸のつかえが下りるほどの満足感は得られなかった――

3

中倉は次の犯行を自供した。

――国安病院の看護婦・浮地ひずるの身辺を調べているうち、杉村正記という恋人がいるのを知った。ひずるが松本市内で会った男を尾行したところ、東京に住んでいることが分かったのだった。彼女のことをとことん知っておくために、男を東京まで尾けたのである。杉村正記の住所を確認して帰った。杉村に恨みはないが、間接的に困らせてやろうと考えたのだ。彼が困れば恋人のひずるにも多少なり被害が及ぶはずだった。

ひずるも島崎と同じで山登りの趣味があることは摑《つか》んでいたが、登山日程を知ることができなかった。

去年の十一月下旬、富山《とやま》県の劔《つるぎ》岳に登った五人パーティーが雪崩に巻き込まれた。警察はヘリコプターを飛ばし、地上からも救助隊を現場に向かわせたが、救助隊員の一人が二重遭難したというニュースを新聞で読んだ。

中倉は、穂高岳や槍ヶ岳を管轄する山岳救助隊が豊科警察署に所属しており、そのメンバーに消防署救急隊員の古垣勇と黒岩武史が入っていることを摑んでいた。二人は、麻美を救急車で運んだときの隊員だ。中倉と孝子が希望したとおり、麻美を直接N病院へ搬送していれば、死なせることはなかったのだ。たとえ死んでも、悔いは残らなかったはずである。急患は最寄りの病院に運ぶのが規則になっているといって、患者の肉親のいうことを無視したのが、彼女を死なせる原因だった。

富山県警の山岳救助隊員が二重遭難した新聞記事を見て、ある企てを思いついた。

十二月四日、安曇野は朝から雪だった。昼過ぎ、その雪は激しくなった。山岳地は猛吹雪だとラジオニュースは報じた。

中倉は無線機を持って車に乗った。豊科町の隣の堀金村《ほりがね》へ行き、「槍沢を四人パーティーで登っていたが、雪崩に遭い、三人が行方不明。自分も雪に埋まって動けない」と、SOSを発信した。何回か呼びかけているうち応答があった。明科町のアマチュア無線家だった。その人は中倉の氏名と住所をきいた。

中倉は、「杉村正記、住所は東京・世田谷区北沢」と告げた。彼は何人かがこの無線をキャッチしていることを期待した。

夜、七時前のテレビニュースは、「北アルプスの槍沢を登山中の四人パーティーが雪崩に襲われて、三人が行方不明になっているもよう。現地は天候不良で、ヘリコプターが出られないため、豊科署の山岳救助隊が、あすの朝、地上から救助に向かう」と報じた。

警察では、東京・世田谷区の杉村正記に問い合わせしただろうか。その問い合わせで杉村が山に登っていないことを知る。警察はいたずら無線と判断したら、救助隊を出動させないのではないか。しかし、テレビニュースは救助に向かうといっている。

救助隊の中には、消防署員の古垣と黒岩が加わっているだろう。二人だけが二重遭難することは期待できないが、もしも実際に雪崩でも発生し、全隊員が雪に呑み込まれることがあったら、自分の企ては成功したことになる。古垣か黒岩が怪我をするか、死亡したとしたら、思うつぼである。怨念《おんねん》が通じたことになる。

実際には槍沢を登っていて雪崩に遭ったパーティーはいないのだから、偽無線は発覚するし、杉村は取調べを受けるだろう。彼には誰が名前を使ったのかの心当たりはない。大いに迷惑する。

中倉は、他人のうろたえるようすを想像しただけで、胸のつかえが下りるような気がした。

［四人遭難の無線連絡はいたずらか］という見出しの記事が新聞に載ったのは、十二月七日だった。［槍沢には雪崩の痕跡もないし、該当する遭難パーティーも存在しない］と記事にあり、［実在する人の名を使った意図も不明］とも書いてあった。浮地ひずるの恋人の杉村の顔を見たいものだった。

偽無線に関する記事は以降新聞に登場しなかった。

山岳救助隊員が雪崩に遭ったとも、怪我をしたとも出ていなかったから、古垣と黒岩は無傷だったことになる。中倉にとってこれは面白くなかった。

二人を苦しめる方法を考えたが、いい知恵は浮かばなかった。

そのうち、消防署を困らせてやろうという気が起こった。

雪解けを待った。

今年の五月四日、中倉は上高地から霞沢岳に通ずる沢に沿って、森林に入った。去年の七月、島崎を殺害した場所である。

森の中にはまだ残雪があったが、彼を埋めた地点はすぐに分かった。埃《ほこり》で汚れた雪面には兎《うさぎ》の足跡が交叉していたが、人間が踏み込んだ形跡はまったく見当たらない。

中倉はスコップで雪を掘った。見覚えのある枯枝が出てきた。土を掘った。その下に島崎は眠っていた。夏、秋、冬を越して、彼の遺体は完全に白骨となっていた。白骨がシャツを着、ズボンを穿《は》き、山靴《ぐつ》を履いていた。その脇には赤いザックがあった。

中倉は右の靴を脱がせ、白骨の足をはずした。脱がせた靴から赤い紐《ひも》を抜き、持参した布にくるむと、元どおりに土をかぶせ、雪を盛った。

持ち帰った島崎の足骨《そっこつ》と靴紐を、自宅に隣接する事務所に隠しておいた。

五月六日、島崎の足骨と靴紐を「ゆうパック」の紙箱に詰め、ボストンバッグに入れて東京へ発った。孝子には仕事の打ち合わせに行くといった。彼女は、彼が島崎を殺したことも、偽無線を発信したことも知らないはずだった。

中倉は東京駅から歩いて京橋のビル内にある郵便局へ行き、「ゆうパック」を豊科消防署宛に発送した。この郵便局の存在は以前から知っていた。差出人名と住所はでたらめを書いた。

彼はその日のうち帰宅した。郵便小包は次の日に着くだろう。中身を見た消防署員はどんな顔をするだろうか。即座に警察に連絡し、警察はマスコミに発表するに違いなかった。

が、何日たっても、消防署に人骨が送られてきたという記事は新聞に載らなかった。

郵便小包が着かないわけはない。消防署では受取人の指定のない郵便物を不気味に感じ、開封せずに捨ててしまったのか。それとも、警察がマスコミへの発表を控えているのか。

中倉は肩すかしをくったような気がした。

島崎潤也に関する記事が新聞に大きく載ったのは六月七日の夕刊だった。去年の七月、山行に出たまま行方不明になっていた島崎と思われる白骨遺体が、霞沢岳に通じる沢沿いの森林帯で発見されたことと、去る五月七日、島崎の遺体の一部と思われる人骨が、消防署に送られてきていたことが詳《くわ》しく報じられていた。その記事によると、警察は六月一日から霞沢岳周辺を重点的に捜索していた結果であるとなっていた。島崎の近親者が、彼が霞沢岳に登るつもりで出発したことを、知っていたようにも受け取れる内容だった。

彼の遺体は永久に発見されないものと思っていたのは、誤算だった。

何日か後の新聞には、島崎は殺害されたものと断定という記事が出た。白骨遺体を詳細のだった。広い山中から白骨が発見され、検《しら》べたところ、骨折個所があり、刃物の当たった痕跡が見つかったというのだった。

行方不明でなく殺人ということになると、警察は徹底的に捜査を始める。広い山中から行方不明者の遺骨を発見した警察のことだ。ひょっとしたら捜査の手が自分の身辺にも迫ってくるのではないかという恐怖を感じ、身が縮む思いがした。

中倉にはやらねばならないことがいくつもあった。彼は浮地ひずるの身辺を嗅ぎ、ついに彼女の山行日程を摑むことに成功した——

4

——浮地ひずるが勤めていた国安病院で、島崎潤也が宿直のアルバイトをしていたことから、二人が殺害されたことには関連性があるのではないかと、捜査当局はにらんでいるという記事が新聞に載った。

捜査の輪は次第に絞られてきているのを感じ、身震いすることがあった。

中倉は、それまで読んだことのない新聞を買って、浮地ひずるや島崎に関する記事を読んだ。

ある新聞には中倉がドキリとする記事が載っていた。

昨年十二月の偽無線事件と浮地ひずるの事件は関連している可能性がある、と書いてあった。偽無線事件で名前を使われた人は、彼女と親しかったとしてあった。

杉村正記が、彼女とは恋人同士だったと名乗り出たのだろうか。

中倉はもう一人を血祭りに上げたかった。

それはアルプス病院事務職員の牧哲治だ。

牧の身辺をそっと調べたり、病院からの帰宅を尾けてみたりした。

彼は野球好きだった。アルプス病院野球チームの監督をするかたわら、少年野球のコーチをしていた。

ある日曜の朝、穂高町の小学校の校庭を借りて少年野球チームが練習していた。これを中倉は少年の父兄のような顔をして見ていた。コーチは幾人もいたが、その中で牧が最も熱心そうだった。

彼は外野で打球を追っていた少年の一人を呼びつけると、頭を小突いた。どうやら指導したとおりに捕球しなかったということらしい。その少年を外野に戻すと、べつの少年を呼びつけた。彼はまた少年の頭や肩を小突き、顔を赤くしてなにかをいっていた。子供に技術を教えたり指導しているというよりも、思いどおりにならない子供にジレて、激昂しているといった感じに映った。

それを見ていて中倉はむしょうに腹が立った。グラウンドへ出て行って、牧の頭をバットで叩いてやりたいぐらいだった。

麻美を救急車で運び込んだときの牧の態度を思い出した。救急車がサイレンを鳴らして病院に着いたのに、受付にいなくてはならない牧は、どこでなにをしていたのか、六、七分もしてから現われた。面倒臭そうな顔で救急隊員に患者の容態をきいた。患者の両親である中倉と孝子の顔をまともに見なかった。そのとき中倉は、牧に飛びかかり、胸ぐらを摑んで、「救急患者を受け容れる病院の職員がする態度か」と怒鳴りたいぐらいだった。

そういう男が、野球にだけはヤケに熱心で、小学校五、六年生の子供に対して、まるで癇癪《かんしゃく》を起こしたように叱っているのだった。この男はやがて、野球少年にバットで頭を殴られて死ぬのではないかとさえ思った。

八月三日、中倉は牧のようすを窺《うかが》いに自宅の近くへ行った。すると牧が手に鎌を持ち、自転車に乗って出てきた。近くへ草刈に行くのが一目で分かった。

中倉は車をゆっくり転がした。牧は自宅から約五〇〇メートル離れた水田の畦《あぜ》に立つと、タバコをくわえて草を刈り始めた。

中倉は牧の背中に当たる農道に車をとめて、観察していた。付近の田に人影はなかった。

牧は草を刈っては、畦にすわり込んで田の水をすくって鎌を研《と》ぎ、また草を刈っていた。

薄暮が訪れたところで、牧は草刈りをやめた。帰宅するらしく、とめておいた自転車に近づいた。

中倉は、何日か前に豊科町のグラウンドで、少年が忘れたらしいバットを拾い、それを車のトランクに入れていた。そのバットを背中に隠して、牧が刈った草を踏んで彼に接近した。振り返った牧はぎょっとした顔をした。

「おれを覚えているか」と、中倉はいった。

「えっ。知らない」牧はいって、自転車から手を放した。

「あんたに娘を殺された者だ」中倉がいうと、牧は逃げ出そうとした。自転車が倒れた。中倉は追った。牧は草につまずいて膝《ひざ》を突いた。振り向くと鎌を構えた。

「なにするんだ」牧は中倉が手にしているバットを見たのだった。

「あんたみたいな人間は、病院に勤めていてはいけないんだ」中倉が横に振ったバットに牧の鎌が当たった。鎌は緑の水田の中に飛び込んだ。牧は四角い物を中倉に投げつけた。草の上に落ちたそれは砥石《といし》だった。

中倉は砥石を拾うと、それも水田の中に投げ込んだ。

牧は悲鳴を上げた。「助けてくれ」ともいった。野球少年をしごく男の姿ではなかった。

中倉は、這《は》って逃げる牧の肩にバットを振り下ろした。向き直った牧は中倉のバットを奪い取ろうとしたが、手は宙を泳いでいた。

中倉は牧の脇腹に一撃を加え、腹と背中を殴りつけた。何回殴りつけたか知らないが、牧はぐったりして動かなくなった。

丈のそろった稲穂の一〇〇メートルぐらい先を走る車のライトが見えた。遠くに点在する家々に灯りがつき始めた。

中倉は暗くなった農道を、牧の腕を引きずった。靴を脱ぎ、畦に草の生えた田んぼに引っ張り込んだ。畝《うね》のあいだを三〇メートルばかり引きずって、牧の腕を放した。彼の顔は浅い水に半分沈んだ。

中倉は、近くを流れる小川で、ズボンの汚れを洗い落とした。

家に帰ると孝子は寝ていた。窓は開け放されたままで、電灯はついていなかった。「お帰りなさい」という気力もないようで、虚ろな目を天井《てんじょう》に向けていた。

彼は寝床の横にすわると、彼女のからだをさすった。気持ちがいいのか、彼女は目を閉じた――


「三人を殺害したが、消防署の救急隊員も殺す計画を立てていたのか？」

道原は、首を垂れている中倉にきいた。

「私は疲れはてました。救急隊員を憎む気持ちはありましたが、彼らの行動を窺う気力はもう残っていませんでした」

「三人を殺したり、偽無線を発信したことはバレないと思っていたか？」

「近いうちに警察の方がくることは分かっていました。二、三日前から、孝子と一緒に死ぬことを考えていました。彼女を道連れにするのが不憫《ふびん》で、迷っていたのです」

そういった中倉の顔は数時間のうちにいくつも老《ふ》けたように見えた。

「島崎さん、浮地さん、それから牧さんを憎んだあんたの気持ちは分からないではない。あんたにまだ気力と体力が残っていたら、あるいは二人の救急隊員も犠牲になっていたかもしれない。……多くの人を恨んだり殺したのは、あんたのまったくのエゴからだ。あんたはその人たちに復讐したつもりだろうが、病気で亡くなった麻美さんは、あの世で喜んではいないはずだ。……あんたは殺された人たちの家族が、これからどんな気持ちで生きなければならないかを、考えたことがないだろう」

道原はそういうと取調室を出て、窓辺に寄った。

署の前の道路を、きょうも都会からやってきたらしいハイカーが歩いていた。気づかなかったが、庭の植え込みにはコスモスの花が咲き、赤トンボが舞っていた。空の蒼さには秋の気配があった。

消防署を出て行く救急車のサイレンがきこえた。中倉の妻孝子から事情を聴かなくてはならないが、彼女の体調がどうかを道原は案じた。

解説

山前　譲

ベテランらしい粘り強い捜査を身上としているのが、数多くの梓林太郎作品に活躍してきた長野県豊科《とよしな》署の道原伝吉刑事である。北アルプスほかの急峻《きゅうしゅん》な山々に囲まれた長野県の警察官らしく、道原刑事の登山経験は豊富だ。山で死体発見となれば、若手に混じって現場検証に赴くことも珍しくない。

道原刑事の捜査は、さながら登山ルートの確定していない未踏峰への挑戦である。事件発生後、捜査によって集まってくるデータを分析しながら、事件の解決という山頂を目指す。当然ながら、最短ルートを辿《たど》るとは限らない。楽な道などありえない。ときには道に迷って立ち止まったり、ときには逆戻りしたりしながら、あきらめることなく真犯人を求めていく道原だ。

ただ、実際の登山ではたいてい山頂を下界から仰ぎ見ることができる。あの山を目指すのだ。それが山登りの大きなモチベイションとなり、肉体を鼓舞する。たとえば北アルプスの連なる雄大な山並みを眼前にすれば、征服したいという意欲が増してくるはずだ。ところが犯罪捜査では、最初、まったく事件解決という終着点が見えない。初期捜査の段階では、犯人の姿は曖昧模糊《あいまいもこ》としている。山頂へ向かっているはずのルートを、ひたすら探し求めるだけである。

捜査によってあるルートが見つかったとしても、真のルートかどうかの見極めはなかなか難しい。ひとつひとつ偽りのルートをつぶした結果として、真相へのルートが明らかになるのだ。あの頂きを目指してという道程ではないだけに、一歩ルートを間違ったときの落胆は大きなものとなる。

犯人の姿が見えてくるのがいつかも分らない。三合目なのか、五合目なのか、あるいは七合目なのか。ひょっとするともっと高いところかもしれない。山頂直下にいるにもかかわらず、頂きが霧に隠れて視界に入らない事態すらありえる。あと半歩で真相というところで引き返してしまう場合もありうる。

平成十年五月にジョイ・ノベルス（実業之日本社）の一冊として書下し刊行された『葬送山脈』は、とりわけ登山ルートの見えない長編山岳推理である。道原伝吉はいくつかの偽りのルートを辿り、引き返すことを余儀なくされる。登っては下り、また登って下る。錯綜する登山ルートに翻弄され、さすがの道原伝吉も事件の解決には長い時間かかっているのだ。

最初は事件は心ない悪戯《いたずら》と思われた。十二月四日、豊科警察署にアマチュア無線家から一本の電話があった。槍ヶ岳へ登山中の男からのSOSを受信した。四人組みのパーティで、雪崩《なだれ》にあって三人が行方不明、自分も身動きがとれない。発信者は東京都世田谷区の「スギムラマサキ」だという。さっそく救助隊員が招集される。だが、照会してみると、入山届に「スギムラ」の名はなかった。

東京に調査を依頼すると、たしかに連絡のあった住所に「杉村正記」というサラリーマンは住んでいたが、北海道に出張中だった。ところが、なぜか連絡がとれない。遭難事故の可能性は否定できず、捜索隊を翌朝出した。現場へ向かう途中、杉村と連絡がようやくとれたが、思い当たる節はないという。救助隊が一日以上かけて現場に着いたものの、雪崩の痕跡はなく、遭難者も見当たらなかった。

やはり悪戯だったのか。道原は伏見刑事とともに上京、杉村の周辺を調べるが疑わしい人物はいなかった。あるいは救助隊への恨みかとの意見もあったが、こちらも思い当たるところがない。なぜ実名での悪戯だったのか、杉村への疑念をかかえたまま半年が過ぎる。

五月七日、豊科消防署に郵便小包が届いた。中身はなんと人間の足の骨だった。それと赤い靴紐《くつひも》――。発送人は架空だった。骨の鑑定から注目されたのは、昨年七月、北アルプスで消息を絶った医師である。松本市内の病院に勤める島崎の行方はまだ分っていなかった。遺体や遺品が発見されていない。殺人事件の可能性が高いと、道原らは島崎の周囲を調べはじめる。彼にまつわる不可解な男女関係が分ったが、容疑者は浮び上ってこない。

さらに豊科署管内で殺人事件が相次ぐ。七月六日に北アルプスで女性が、八月三日、穂高町の水田で男性が……。動機のまったく分らない事件の捜査に、道原らの疲労が濃くなるばかりだった。

推理小説としての本書の趣向はミッシング・リンク（失われた環）である。一見なんのかかわりのないような事件が起っていく。たとえば殺人事件が連続するが、個々の事件の被害者たちを調べても交際があった形跡はない。かといって、個別に容疑者がいるわけではない。その複数の事件の背後に隠された関係を探り、動機を見付け、犯人に迫っていく趣向である。

犯人は動機を隠すため、ときとして狂的な連続殺人を装う。たとえば童謡などの筋書きに見立てての殺人である。その遊戯性に眼を奪われてしまうと、犯罪のバックボーンとなる殺意が見えなくなってしまう。動機に気付かれなければ、犯人は捜査の手から逃れることができるのだ。また、なにか関係があると思わせた連続殺人の被害者のなかに、本当に殺意を抱いていた人物を紛れこます場合がある。この場合は、あまりにミッシング・リンクを気にしすぎてしまうと、真の動機が見えてこない。

いずれにしても、ミッシング・リンクをテーマにした推理小説では、動機が大きな謎となる。被害者たちの過去と現在のなかに、何か共通項はないだろうか。あるいは本当に関係がなく、動機を特定の事件に絞り込んでいかなければならないのか。事件全体に作者の大胆な発想が織り込まれていくのだ。

この『葬送山脈』では、豊科署の道原伝吉をいくつかの事件が悩ませている。個々の事件では容疑者がはっきりせず、迷宮入りの雰囲気も漂う。しかし、道原の慧眼《けいがん》がやがて一筋のルートを見付け出す。やはりそこには彼の粘り強さが光っている。事件関係者を丹念に当たり、些細なことも見逃さない。人情の機微に通じたベテラン刑事ならではの着眼点が、事件をようやく解決に導くのだ。

こうした推理小説としての趣向とともに、救助隊や捜索隊の動きなど、梓作品ならではのリアリティある山岳描写も興趣をそそっている。北アルプス南部の山岳地を管轄する豊科署の救助隊が、警察官や消防署員のほか、役場職員、会社員、上高地付近のホテル従業員、フリーアルバイターによる混成部隊というのも興味深い事実だ。誰も遭難するために山へ登るわけではない。しかし、さまざまな要因で事故は起ってしまう。救助隊員は自らの危険と背中合せのなかで懸命に活動している。それはけっして義務ではない。山を愛するがゆえに、山を訪れた人たちの安全を願うのだ。山岳ならではの人間模様が梓作品の楽しみである。

本書の事件は道原伝吉にとってかなり難しいルートの登山だったに違いない。登っても登っても先が見えてこないのだ。結局、最初の事件から一年以上も経って全面解決を迎えている。それだけに、視界に頂きが入ってきたときの喜びは一入《ひとしお》だったろう。山頂を征服した喜びは、事件を解決した喜びに相通じる。しかし、山も事件もたったひとつではない。道原伝吉はこれからも数多くの難事件を解決していかなければならないのだ。

二〇〇二年十二月

この作品は1998年5月実業之日本社より刊行されました。

徳間文庫をお楽しみいただけましたでしょうか。どうぞご意見・ご感想をお寄せ下さい。
宛先は、〒105－8055　東京都港区芝大門2－2－1　㈱徳間書店「文庫読者係」です。